Anna Boller

Gefangen zwischen Himmel und Hölle

Autobiografie

Impressum

Bibliografische Information der Deutschen Nationalbibliothek: Die Deutsche Nationalbibliothek verzeichnet diese Publikation in der Deutschen Nationalbibliografie; detaillierte bibliografische Daten sind im Internet über http://dnb.dnb.de abrufbar.

Verlag: BoD · Books on Demand GmbH, In de Tarpen 42, 22848 Norderstedt

Druck: Libri Plureos GmbH, Friedensallee 273, 22763 Hamburg

ISBN: 978-3-7578-2453-2

Dieses Buch widme ich, dem für mich besten, Zenmeister, der mir einen neuen Weg ins Leben zeigte. Seinen Namen habe ich, wie alle anderen auch, geändert, um die Privatsphären zu schützen.

Und ganz besonders widme ich dieses Buch meiner über alles geliebten Tochter Katharina. Dem einzigen Menschen in meinem Leben dem ich immer hundertprozentig vertrauen konnte und mit dem mich eine bedingungslose Liebe verband und immer verbinden wird.

Und auch Ole, der mir mehr als nur ein Obdach gab, der mir sein Vertrauen schenkte und mir mein Selbstbewusstsein zurück gab.
Und zuletzt meiner Schwester Silka und all den Freunden, die immer für mich da waren, wenn ich ihre Hilfe brauchte.
Danke an Euch!

Es ist kalt geworden. Der April zeigt sich mal wieder von seiner typischen Seite. Vor wenigen Tagen noch war es sommerlich warm und nun pfeift ein eisiger Wind hier oben über den Hügel. Wir haben uns zum Kaffee verabredet. Er, der Mann der einen so festen Platz in meinem Herzen hat und ich sitzen hier oben in der Lounge und trinken Kaffee. Ich schaue ihn an und weiß, dass mein ganzes Sein aus einem einzigen großen Lächeln besteht.
Wie lange ist das jetzt her?

„Kommst du mit nach Papenburg zum Vortrag über Buddhismus?" Meine Bekannte Anita war am Telefon. Wir hatten uns bei einem Reiki Seminar kennen gelernt und unternahmen in letzter Zeit öfter mal was zusammen. Sie hatte sich, wie ich, gerade von ihrem Mann getrennt. Vortrag über Buddhismus...... schon lange fühlte ich mich davon magisch angezogen und wollte mehr darüber wissen, hatte aber nie die Gelegenheit dazu gefunden. Ich war in einer Beziehung gefangen, in der eigentlich alles für mich verboten war, wofür ich mich interessierte. Ich solle meine Zeit sinnvoll nutzen und arbeiten war eine ständige Predigt von ihm und ich ließ es zu. Ich wollte meinen Frieden und keinen Streit. Ein Fehler, denn je mehr ich mich fügte, desto enger wurde mein Freiraum. Bis ich eines Tages in der Beziehung zu ersticken drohte und ging.
Nun war ich frei und sagte zu.

Wenige Tage später saßen wir in einer großen Halle, sie war schon gut besucht, aber wir fanden einen guten Platz in der Mitte.
Ich schaute nach vorn und sah ihn zum ersten Mal.
Er saß dort seelenruhig, in T-Shirt und ausgebeulter Jeans gekleidet und sah in die Menschenmenge, die sich leise

murmelnd den Weg durch die Reihen schob. Ich sah ihn an, und um mich herum war plötzlich Stille. Keine Menschen mehr, kein Geplaudere, nur noch Stille. Dieser Mann zog mich magisch in seinen Bann, es war als würde meine Seele oder mein Herz oder was auch immer es war, ihn wiedererkennen aus einer längst vergangenen Zeit.

Irgendwann begann er seinen Vortrag zu halten. Er zeigte Bilder auf denen ein Ochse zu sehen war. Ich lauschte wie gebannt seinen Worten, während er den anwesenden den Ochsenweg erklärte. Ich verstand nicht alles, aber es ging darum den „Ochsen" in uns zu besiegen. Unser Ego und unser Gedankengut zu kontrollieren, anstatt uns davon knebeln zu lassen.

Am Eingang saß noch immer die Blondine, die die Eintrittsgelder entgegen genommen hatte. Ich überlegte kurzzeitig, ob sie wohl zu ihm gehören würde. Sie war schick zurecht gemacht, wasserstoffblond, geschminkt und sehr fein gekleidet. Das genaue Gegenteil von ihm mit seiner ausgewaschenen beuligen Jeans.
Anita kannte ihn von irgendwoher her und beim Gehen erfuhr ich, dass die Blondine seine Frau war.

Einige Wochen später erzählte Anita mir, dass in Bellin ein Zenkreis eröffnet werden sollte. Ob ich mitkommen wolle zum Meditieren. Klar wollte ich. „David macht die Meditation, der, der den Vortrag gehalten hat, weißt du noch?" Mein Herz machte einen Sprung, aber das erzählte ich Anita nicht. Aber ich sagte zu.

Donnerstag, 18:00 Uhr, ich war zeitig dort. Er war allein gekommen, ohne die Blondine, stellte ich erleichtert fest. Wir setzten uns auf die bereit gelegten Matten, eine kleine

Gruppe ganz unterschiedlicher Menschen. David begrüßte uns mit seiner warmen Stimme und stellte sich vor. Er war verheiratet und hatte zwei Kinder. Vielleicht sollte ich das nächste Mal lieber Zuhause bleiben, schoss es mir in den Kopf, er ist verheiratet.

Wir begannen mit einer Teezeremonie. Als er vor mir stand um mir Tee einzuschenken, durchströmte mich ein unglaubliches Gefühl von Wärme. Nie hatte ich eine so intensive Wärme gefühlt. In meinem Kopf hämmerte eine Stimme: „Er hat seine Füße, es sind seine Füße." Ich hatte keine Ahnung, woher diese Stimme kam und wessen Füße er hatte, aber ich sah auf seine Füße und fand sie wunderschön. Ich hatte mir nie etwas aus Füßen gemacht, aber seine zogen mich an.

Reiß dich zusammen, schalt ich mich, er ist verheiratet und hat Familie. Dieser Mann ist tabu.
Das war der Kopf, mein Herz sagte etwas ganz anderes.

David erklärte uns, worauf wir während der Meditation achten sollten. Und den Atem sollten wir zählen, immer von eins bis zehn und dann wieder von vorne beginnen.
Meine Güte, ich hätte nie gedacht, wie schwer so etwas sein konnte. Bei drei hatte ich oft schon vergessen wo ich war, begann wieder von vorne, meine Beine schmerzten, und in meinem Kopf tobte eine Horde wilder Affen, die nicht still sein wollte.
Er war uns sehr gnädig, wir machten zwischendurch immer wieder eine Gehmeditation, gingen hintereinander im Gleichschritt. Und David strahlte dabei eine solche Ruhe aus, dass ich ewig so hätte weiter gehen können.
Die zwei Stunden waren um, es wurde viel geredet, jeder wollte sich mitteilen, und während er Ratschläge für das nächste Mal gab, konnte ich ihn mir in Ruhe ansehen.

Er hatte Segelohren und blaue Augen, er war gar nicht mein Typ.
Er würde sich freuen, uns alle am kommenden Donnerstag wiederzusehen, sagte er zum Abschied und lächelte mich an.

„Und, kommst du wieder?" Anita stellte die Frage, die ich mir auch gerade gestellt hatte. Ich war hin und her gerissen……..aber am nächsten Donnerstag war ich wieder da, und die vielen Donnerstage danach auch.

Nach einigen Wochen saß unsere chaotische kleine Gruppe aus sechs Leuten schon ganz gut. Wir rutschten nicht mehr hin und her beim Meditieren und hatten unsere Gedanken ganz gut im Griff. David begann mit der Koanarbeit.
Wir konnten uns ein kleines Büchlein bei ihm holen, in dem die ersten Koane standen. Kleine buddhistische Texte, die es zu „lösen" galt. Jeder Schüler, die wir nun ja waren, ging einzeln in den Nebenraum, in dem unser Meister dann saß, um mit jedem die Koanarbeit zu besprechen. Sie gingen alle rein,….außer mir.
Ich hatte Angst davor, mit diesem Mann alleine zu sein. Er war verheiratet, er war tabu und ich hatte Angst davor mich zu verlieben. Ich wollte keinen Mann mehr in meinem Leben, ich hatte zwanzig Jahre Knechtschaft hinter mir, nie wieder. Mein Verstand hatte eine laute Stimme und mein Herz hatte Funkstille zu bewahren, basta.

Im Sommer wurde der Raum, in dem wir saßen, unerträglich heiß und stickig. Durch die Fenster kam kaum ein Luftzug. David wollte die nächsten Donnerstage wegen der Hitze ausfallen lassen. „Können wir nicht einfach runter zum Strand fahren und dort meditieren?" Hatte ich das tatsächlich gerade vorgeschlagen? Ich konnte es nicht fassen, manchmal war meine Zunge schneller als der

Verstand. Romantisch am Strand sitzen und meditieren, super Idee.
Aber David fand die Idee gut, er freute sich. Also dann nächsten Donnerstag am Strand.

Als wir uns alle pünktlich am Strand versammelt hatten, zogen wir los, um ein ruhiges Plätzchen zu suchen. Das Wetter war traumhaft schön. Die meisten hatten ihre Badesachen dabei, um danach noch schwimmen zu gehen. Ich baute mir mein Sitzkissen aus Sand, was David zu amüsieren schien, aber ich hatte meines extra Zuhause gelassen. Ich wollte im Sand sitzen, fühlen....

Wir saßen zwanzig Minuten, einige Menschen gingen still an uns vorbei, aber es störte nicht, machten dann eine Geh-Meditation im warmen Sand und setzten uns zur nächsten Runde.
David saß mir gegenüber, es war still, nur das Rauschen des Meeres war zu hören, ab und an mal eine Möwe die schrie. Es war eine friedliche Stille und ich fühlte mich ruhig und ganz bei mir. Meine Gedanken waren völlig still, da fühlte ich plötzlich als würde mich jemand sanft zurück in den Sand legen und mich zärtlich küssen.
Ich schlug erschrocken die Augen auf und schaute direkt in sein Gesicht. Er schaute mich an und lächelte.
Ich schlug die Augen nieder, während der Meditation schaut man sich nicht an. Man schaut nach unten oder schließt die Augen.
Waren es meine Gedanken oder kamen diese Gedanken von ihm und ich hatte sie nur empfangen? Wollte ich von ihm geküsst werden, oder wollte er?........ Mit meiner inneren Ruhe war es jedenfalls komplett vorbei. Ich war froh, als er endlich abklingelte.

Ich ging nicht schwimmen an diesem Abend, unser Meister auch nicht und Knut, der inzwischen ein lieber Freund geworden war, blieb bei uns sitzen. So war ich nicht mit ihm allein.

Meine Pferde, die ich damals hatte, standen noch auf dem Hof bei meinem Exmann.
Er hatte inzwischen eine neue Liebe gefunden und war friedlich, jedenfalls bis jetzt.
Ich war morgens auf dem Hof und machte meine Stallarbeit und dachte nur an den Mann mit den Segelohren und den blauen Augen. Ich musste mir eingestehen, dass ich mich verliebt hatte. Dieser Kuss fühlte sich so weich und wunderschön an…. wie im Traum eben. Ich schalt mich hunderte Male eine dumme Kuh, verbot mir wieder zum Meditieren zu gehen, ich wollte ihm niemals mehr begegnen.
Verheiratet, verheiratet, schlag ihn dir aus dem Kopf. Mein Verstand führte einen großen Krieg mit meinem Herzen.

Mein Herz siegte, am nächsten Donnerstag saß ich wieder am Strand, hatte etwas Holz mitgenommen, und während wir meditierten, flackerte ein kleines Feuer. Damit die Mücken uns in Frieden ließen, nur deswegen.
Mein Verstand war beruhigt.

Als es zu regnen begann und die Abende kühler wurden, zogen wir wieder in unsere Räume.
Die Koanarbeit, die am Strand nicht möglich war, begann wieder, aber ohne mich.
Ich traute mich nicht zu ihm in den Raum.
An einem Donnerstag schlug David uns eine geführte Meditation zur Reinigung unserer Chakren vor. Ich kannte den Chakrenausgleich vom Reiki und wusste, welche

Chakren bei mir ständig blockiert waren. Ich hatte sie immer nur kurzzeitig lösen können. Er führte uns durch die Meditation, rezitierte dabei einen Text, den ich nicht kannte, und die Luft im Raum tanzte mit den Schwingungen seiner Stimme. Ich fühlte mich leicht und frei.

Die Wirkung dieser Meditation kam einen Tag später. Ich wachte morgens mit einer Wut im Bauch auf, die unbeschreiblich war. All die Demütigungen der letzten Jahre brachen hervor. All das, was ich die vergangenen Jahre geschluckt hatte, bahnte sich nun wieder den Weg nach oben.
Ich fuhr zum Hof, versuchte mich mit Arbeit abzulenken und hoffte, meinem Ex nicht zu begegnen. Ich war mir nicht sicher, ob er es überleben würde.

„Meike", sie wohnte im gleichen Dorf, und ich fuhren jeden Donnerstag zusammen zum Meditieren. „Wenn ich heute nicht zu David reingehe, dann verpasse mir einen Tritt. Ich muss mit ihm reden, er muss mir da raus helfen!" Ich erzählte Meike von meiner Wut, die sich ihren Weg nach oben bahnte, und sie war ebenfalls der Meinung, dass es gut wäre, wenn ich mit David darüber sprechen würde.

Der Tritt war nicht nötig, ich fasste allen Mut zusammen und ging zu ihm in den Nebenraum.
Mein Herz schlug mir bis zum Hals, als ich meine Verbeugungen machte und mich dann auf die Matte vor ihn setzte. Ich musste tief Luft holen, bevor ich erzählen konnte, was die Meditation in der vergangenen Woche bei mir ausgelöst hatte.
David hörte mir schweigend zu, bis ich geendet hatte. Dann löste er sich aus seinem Lotossitz und meinte: „Ich weiß was dir fehlt Anna, komm mal her!" Dann kam er auf den

Knien zu mir rüber und nahm mich in seine Arme. Er hielt mich eine ganze Weile einfach in seinem Armen und über mir tat sich der Himmel auf und eine kleine Gruppe Feen tanzte im Reigen über uns.

Wir machten zum Abschluss eine Meditation, in der wir uns vorstellten ein Berg zu sein. Wir waren tief mit Mutter Erde verbunden und verwurzelt, und über uns konnte geschehen was wollte, wir waren fest verankert. Meine Wut war verflogen, es ging mir wieder gut.

Der Krieg zwischen meinem Verstand und meinem Herzen war immens. Während mein Herz sich in Tagträumereien verlor, holte mein Verstand mich ständig wieder auf den Boden der Tatsachen. Er ist verheiratet, hämmerte es lautstark in meinem Kopf. Besser du gehst nicht wieder zu ihm rein. ….

Am nächsten Donnerstag ging ich mit klopfendem Herzen wieder in den Nebenraum, machte meine Verbeugungen und setzte mich auf die Matte vor ihm. Er grinste mich wieder mit diesem Schelmengrinsen an.
"Na?" „Hallo"…..die Meditation hat mir sehr gut geholfen, danke." Er grinste noch immer. „Können wir die Umarmung noch einmal wiederholen"? Sein Grinsen wurde breiter, dann kratzte er sich kurz am Kopf, es schien fast als wäre er etwas verlegen und dann meinte er: „Also, ich glaube ich wäre sogar etwas enttäuscht, wenn wir es nicht täten." Ich war verknallt bis über beide Ohren.

Ab diesem Donnerstag ging ich jeden Donnerstag zu ihm in den Nebenraum und holte mir eine Umarmung ab. Und es war so viel mehr als nur eine Umarmung.
Es war, als würde sich mein Körper für diesen Moment auflösen, ich konnte nie sagen, wo mein Körper aufhörte

und seiner begann. Wir waren ein Körper, ein Herzschlag, ein Atem…...bei einer einfachen Umarmung. Bis dahin wusste ich nicht, dass es so etwas gab. Die Zeit stand für Minuten still, es gab weder Zeit noch Raum, es gab nicht einmal mehr mich.

An irgendeinem Donnerstag meinte David mal: „ Du weißt schon was da mal draus werden könnte?" …... „Nein, was denn?"……. „Na ja Anna, du bist eine Frau, eine sehr attraktive dazu und ich bin ein Mann."
Am späten Abend schrieb ich ihm noch eine SMS: „Weißt du eigentlich wie wohl ich mich in deinen Armen fühle?" Wenig später kam zurück: „Ich genieße die Umarmungen mit dir auch sehr. Schlaf schön. Vielleicht begegnen wir uns ja in unseren Träumen. Du weißt ja, Träume sind bekanntlich Schäume."
An Schlaf war in dieser Nacht nicht mehr zu denken. Meinem Verstand hatte ich längst einen Maulkorb verpasst und mein Herz war einfach nur noch ein loderndes Feuer.

Wir hatten uns verabredet, Anita, David und ich. Er wollte uns mit in seinen Zen Kreis nach Hagen nehmen. Dort wurde richtig nach japanischem Vorbild gesessen, alles viel strenger und natürlich größer. Wir würden dort auch seinen Meister kennenlernen.

Kurz bevor wir fahren wollten, sagte Anita ab. Ich brauchte einiges an Mut, um alleine mit ihm dorthin zu fahren. Ich hatte Angst vor meiner eigenen Courage.
Während der Fahrt fragte David plötzlich, ob es sein könnte, dass ich mich in ihn verliebt hätte. „Ja". Abstreiten wäre völlig sinnlos und verlogen gewesen.
Er fühle sich geschmeichelt, jeder Mann würde sich geschmeichelt fühlen, meinte er, ich wäre eine tolle Frau.
„Wollen wir überhaupt in den Zen Kreis fahren oder lieber

woanders hin?" Ich wollte in den Zen Kreis, ich wollte es kennenlernen.
David erzählte noch von sich, und dass er sich für ein großes Arschloch hielt. Ich liebe Arschlöcher.

Der Abend war toll. Die Rezitationen waren so kraftvoll, die Energie so stark. ….Ich fühlte mich zuhause.
Ja, ich würde gerne regelmäßig mit dorthin fahren.
So trafen wir uns von nun an fast jeden Dienstag auf halber Strecke und fuhren gemeinsam nach Hagen in seinen Zen Kreis zum Meditieren.

Es machte die ganze Sache allerdings nicht besser.
Ich wollte mit diesem Mann zusammen sein, mit ihm wäre ich bis ans Ende der Welt gegangen. Ich verlor mich immer mehr in Tagträumereien und spammte ihn mit SMS voll.
Ich lebte nur noch von Dienstag auf Donnerstag und dazwischen funktionierte ich nur.

Meinem Ex begegnete ich noch regelmäßig auf dem Hof.
Aber ich konnte seine Anwesenheit kaum noch ertragen.
Meine Pferde waren noch auf seinem Hof, der eigentlich meiner war, aber eben nicht auf dem Papier. Er konnte mich jederzeit vom Hof jagen, dessen war ich mir bewusst. Aber noch machte ich gute Miene und wusch ihm seine Wäsche, kochte ihm Mittagessen und versuchte etwas sauber zu machen, sofern es möglich war.
Er war Messie und sammelte alles. Jede Zeitung, jedes Werbeblatt, leere Bierdosen und Weinflaschen und davon gab es viele, sammelte er in diversen Kartons. Die Bierdosen und Weinflaschen versah er mit dem Datum, an dem er sie geleert hatte und sortierte sie sorgsam in die Kartons.

Meist waren es Bananenkartons, die er aus dem Supermarkt mitbrachte. Sie stapelten sich überall, eigentlich gab es nur schmale Gehwege durch das Haus. Meine Tochter und ich hatten mal einige Kartons „gereinigt" und alles an Werbeblättern in den Papiermüll getan. Es gab mächtig Luft, weil viele Kartons dadurch geleert waren, aber auch ein Riesendonnerwetter. Wir konnten nie jemanden ins Haus lassen wegen des ganzen Mülls und es war uns auch verboten. Einmal war meine Schwester mit ihrer kleinen Tochter zu Besuch gekommen. Ich hätte gerne mit ihr einen Kaffee getrunken, mochte sie aber nichts ins Haus bitten, weil es mir peinlich war. Ich tat es dann doch, weil ihre kleine Tochter auf die Toilette musste. Und natürlich kam der Herr des Hauses vorgefahren. Es gab eine riesige Szene von ihm. Er beschimpfte meine Schwester, was ihr einfiele, mich von der Arbeit abzuhalten, sie solle zusehen, dass sie verschwindet, ich hätte keine Zeit für ihre Langeweile. Ich war damals nicht in der Lage ihm irgendwie entgegen zu treten, ich war wie versteinert und meine Schwester ging und kam auch nie wieder zu Besuch.

Danach sorgte er dafür, dass der Kontakt zu meiner gesamten Familie abbrach.

Er rief bei meiner Mutter an und verbot ihr und meinen Geschwistern, sich jemals wieder bei mir zu melden. Angeblich wollte ich nichts mehr mit ihnen zu tun haben. Ich erfuhr erst einige Jahre später davon. Es wurde ein Zähler am Telefon installiert, so konnte er genau überprüfen, wer wann angerufen hatte und verbot mir das Telefonieren, aus Kostengründen natürlich. Und ich hatte inzwischen so viel Angst vor ihm, dass ich schwieg und gehorchte.

Ich sprach irgendwann mal mit David darüber und er meinte, dass mein Ex ziemlich narzisstische Züge hätte.

Damals hatte ich keine Ahnung davon, was das war. Erst viele Jahre später beschäftigte ich mich mit diesem Thema, aber da war bereits alles zu spät.

Als ich meinen Ex, der treffender Weise auch noch Hugo heißt, das erste Mal sah, war ich gerade zwölf. Er war mit meinem Bruder zusammen bei der Bundeswehr und in Holland stationiert. Sie waren gemeinsam auf dem Weg nach Hause, als sie unterwegs eine Panne hatten und dann bei uns im Haus landeten. Ich weiß noch, dass ich abends ins Haus kam und er bei uns im Wohnzimmer saß. Ich setzte mich ihm gegenüber und musste ihn immerzu anstarren. Mein Vater forderte mich einige Male auf, nach oben ins Bett zu gehen, aber ich hörte wohl gar nicht zu. Ich starrte Hugo immer nur an, bis mein Vater dann deutlicher wurde. Ich war damals noch ein Kind, und mit Jungs hatte ich so gar nichts am Hut. Meine jüngere Schwester und ich waren mit den Schmidt Jungs befreundet und viel mit ihnen unterwegs. Wir streiften stundenlang durch die Wälder, bauten im Herbst Strohhöhlen, ließen Drachen steigen usw. Aber es war harmlos. In unserem Dorf gab es nicht so viele Kinder und mit den Mädchen konnten wir nicht viel anfangen.

Als ich am nächsten Morgen in die Küche kam, sagte ich zu meiner Mutter: „Mutti, den Mann heirate ich, wenn ich groß bin." Keine Ahnung woher das kam, aber ich meinte das damals durchaus ernst. Meine ältere Schwester Britta, die 5 Jahre älter ist als ich, hatte sich am Vorabend sehr nett mit ihm unterhalten und Hugo kam nun fast jedes Wochenende zu Besuch. Und natürlich wurden die beiden ein Paar. Merkwürdigerweise störte es mich nicht, im Gegenteil. Ich freute mich darüber, denn so kam Hugo jedenfalls regelmäßig.

Die Beziehung dauerte ungefähr ein halbes Jahr, dann kam Hugo plötzlich nicht mehr wieder.
Er hatte die Beziehung zu meiner Schwester beendet.

Als ich dreizehn war, erkrankte mein Vater an Leukämie. Es war nur wenige Wochen nachdem Hugo die Beziehung zu meiner Schwester abgebrochen hatte.
Meine Mutter war es, die ihn irgendwann anrief und ihn bat zu kommen. Unsere Familie würde ihn brauchen.
Sie benötigte einiges an Überredungskunst, aber schließlich kam er dann doch wieder.
Mein Vater starb einige Monate später. Als ich aus der Schule kam, war die ganze Familie im Haus versammelt, was ungewöhnlich war. Auch war meine Mutter zuhause, eigentlich arbeitete sie bis zum Nachmittag.
Ich fragte immer wieder nach, was los wäre, bekam aber keine Antwort. Irgendwann kam mein Bruder dann zu mir und sagte: „Papi ist tot."
Wir hatten nie wirklich darüber gesprochen, wir Kinder wussten, dass unser Vater Leukämie hatte, aber dass er uns für immer verlassen könnte, kam uns überhaupt nicht in den Sinn.
Ich habe furchtbar geschrien und rannte nach oben in mein Zimmer und weinte. Hugo kam einige Minuten später nach und nahm mich in den Arm um mich zu trösten. Er war der einzige.

Das blieb auch die kommenden Jahre so. Das Leben ging einfach so weiter, nur ohne unseren Vater. Es gab Sonntags keine frischen Brötchen mehr und es drang auch keine Musik mehr bis in unsere Zimmer, die uns nach unten dirigieren sollte. Wir wussten, wenn Heino seine schwarze Barbara besingt, war Frühstück fertig. Das gab es nun nicht mehr und auch keine Gespräche. Meine Mutter ging wieder zur Arbeit, und wir Kinder blieben allein mit unserem

Schmerz. Meine einzige Bezugsperson war nun Hugo, der bald nach dem Tod meines Vaters meine Schwester heiratete. Es war der Wunsch meines Vaters gewesen. Und Hugo war der einzige Mensch, der mich damals tröstete, mich in den Arm nahm und mir ein Gefühl von Geborgenheit gab. Ich freute mich über die anstehende Hochzeit.

Er holte mich in dieser Zeit oft von der Schule ab, angeblich hatte er immer in der Nähe zu tun. Im Auto hielt er oft meine Hand, es tat mir gut und ich dachte mir nichts dabei. Ich war noch ein Kind und sehnte mich nach Zuwendung, die ich sonst nicht bekam.

Als ich 16 war, fasste er mich das erste Mal an. Ich ließ es geschehen, wusste nicht, wie ich mit der Situation umgehen sollte.

Hugo sagte mir, dass er sich damals von meiner Schwester getrennt hätte, weil er sich in mich verliebt hatte. Ich wäre seine große Liebe und er hätte Britta nur geheiratet wegen der Abfindung bei der Bundeswehr.

Sie hatten inzwischen 2 Söhne, Thomas und Sebastian.

Ich machte meiner Mutter gegenüber Andeutungen, dass Hugo Interesse an mir zeigte. Sie musste ihn darauf angesprochen haben, denn wenige Tage später erhielt ich von ihm eine Predigt. Er wollte wissen, wie ich dazu käme, es meiner Mutter zu erzählen, und wie er jetzt dastehen würde. Ich hätte unser Geheimnis verraten und sein Vertrauen missbraucht. Das saß, und ich hielt künftig den Mund.

Britta und Hugo stritten sehr viel, sie passten so überhaupt nicht zusammen. Ich stand oft dazwischen, wenn ich am Wochenende bei ihnen war, die Jungs versorgte und im Haus und Garten half.

Mit 17 wohnte ich dann eine Zeitlang bei ihnen, weil ich in der Nähe eine Ausbildung begonnen hatte. Ich besuchte noch die Handelsschule und hätte eigentlich noch ein Jahr nach bis zum Abschluss. Der wäre wichtig für mich gewesen, aber Hugo überzeugte mich davon die Lehre anzutreten und zu ihm und meiner Schwester zu ziehen. Wenn er abends an meinem Zimmer vorbei ging, malte er mir mit dem Finger ein Herz an die Zimmertür.

Meine Schwester nörgelte ständig herum, weil ich angeblich nicht genug helfen würde, dabei war ich erst am frühen Abend zurück und ziemlich müde. Dass sie mich nur aufgenommen hatte, weil meine Mutter meine Waisenrente an sie zahlte, wusste ich damals nicht.

Nach einem Jahr suchte ich mir eine kleine Wohnung und zog bei ihnen aus. Ich wurde trotzdem ständig zum Babysitten geordert, ohne Vergütung natürlich, und ich war dumm genug fast jeden Abend nach der Arbeit zu ihnen zu fahren, um auf die Kinder aufzupassen. Meine Schwester ging angeblich reiten, sie hatte meine Stute übernommen, da ich zu wenig Zeit für sie hatte. Hugo war selbständig und viel unterwegs, kam aber immer so, dass er noch Zeit mit mir verbringen konnte.
Eines Abends kam er zu mir und meinte, dass es besser wäre, wenn ich die Papiere meiner Stute auf den Namen meiner Schwester umschreiben lassen würde. Schließlich würde Britta, bzw. er, ja nun die Stallkosten tragen. Ich lehnte ab und war echt böse. Ich hätte meine Stute auch ohne weiteres wieder zu meiner Mutter bringen können, was ich später dann auch tat. Denn irgendwann flog das Verhältnis, das Britta mit dem Stallbetreiber hatte, auf. Sie wurden erwischt, und bevor Hugo es aus dem Dorfklatsch hörte, gestand sie ihm die Seitensprünge. Britta hatte Hugo vorgeschickt, um mit mir zu sprechen wegen

der Umschreibung. Sie wollte die Besitzurkunde auf ihren Namen bekommen, um das Pferd verkaufen zu können. Ihr war gutes Geld geboten worden, das sie bei einer Trennung gut brauchen konnte, aber davon ahnte ich zu dem Zeitpunkt noch nichts.

Zu dieser Zeit hatte ich auch viele Probleme auf der Arbeit. Ich machte eine Lehre im Tierheim, und unsere Ausbilderin hatte oft schlechte Laune, die sie an den Auszubildenden ausließ. Sie hatte mich gerade als Ventil ihrer Launen auserkoren und ich litt unter ihrer Willkür und unter der heimlichen Affäre, die Hugo mit mir begonnen hatte. Ich war der Situation nicht gewachsen, zumal Hugo mir verbot, mit jemandem darüber zu sprechen. Es sollte unser Geheimnis bleiben, meinte er.
Ich schluckte irgendwann eine Handvoll Schlaftabletten und drehte den Gashahn auf.
Sich mit Schlaftabletten und Gas umzubringen ist aber gar nicht so einfach, ich musste mich übergeben und der Gashahn wollte nicht so wie ich.

Britta und Hugo trennten sich, sie wollte einen Neuanfang mit ihrem Liebhaber, aber der ließ sie fallen, als er hörte, dass sie sich von ihrem Mann trennen würde. Er war als notorischer Fremdgänger bekannt.
Die Jungs blieben bei Hugo, Britta wollte wieder frei sein und ich blieb auch.
Ich kündigte meine Wohnung wieder und zog bei Hugo ein. Ich hatte noch ein gutes halbes Jahr nach, dann war meine Lehrzeit um und ich sollte seine Büroarbeit übernehmen.
Ich war gerade neunzehn, hatte jetzt einen Mann der zwölf Jahre älter war, zwei kleine Kinder und seine Mutter, eine alte kranke Frau, im Haus.
Im Dorf hatte ich keinen leichten Stand. Die Gerüchteküche kochte schnell über. Hatte ich doch meine eigene Schwester

aus dem Haus getrieben und mich in ein gemachtes Nest gesetzt.
Dass meine Schwester ein Verhältnis hatte und gegangen war, spielte keine Rolle.
Hugos Mutter war es, die bei den wöchentlichen Kaffeetreffen von der Kirche Partei für mich ergriff.
Sie hatte kein gutes Verhältnis zu Britta gehabt, hatte sie oft kritisiert, weil sie mit ihren Pumps nach den Kindern warf, wenn sie nicht hörten.
Dass meine Schwester ihre beiden Söhne manchmal mit dem Kochlöffel windelweich schlug, wusste sie allerdings nicht. Sie hatte oft, wenn ich abends kam um auf die Kinder aufzupassen, furchtbar schlechte Laune und mehr als einmal lag ein zerbrochener Kochlöffel im Mülleimer.

Jetzt war ich abhängig von Hugo. Da ich nach der Lehre aufhörte zu arbeiten und nur noch Hausfrau war, verdiente ich kein eigenes Geld. Ich half zwar in der Firma, machte den Telefondienst und die Ablage, verdienen tat ich aber nur auf dem Papier.
Hugo setzte mich von der Steuer ab. Zugang zu meinem Konto hatte ich aber nie.

Das änderte sich auch nicht, als zwei Jahre später unsere Tochter Katharina geboren wurde.
Während meiner Schwangerschaft wollte ich mich schon trennen, ich hielt diese Enge in der Beziehung nicht aus.
Mir war alles verboten, für alles musste ich fragen und Hugo hatte kaum Zeit. Weder für seine Jungs noch für mich.
Und er kontrollierte alles, selbst vor den Mülltonnen machte er nicht Halt, und die Beziehung zu ihm drohte mich inzwischen zu ersticken. Ich bekam ständig Asthmaanfälle, ich hatte keine Freunde mehr und durfte ohne seine Erlaubnis das Haus auch nicht verlassen. Er war

nicht mehr der Hugo, in den ich mich als junges Mädchen verliebt hatte.

Ich hatte morgens bei meinem Frauenarzt eine Urinprobe abgegeben, ich war seit 10 Tagen über meine Zeit. Als ich mittags dort anrief und erfuhr dass das Ergebnis positiv war, war ich geschockt. Das konnte und durfte einfach nicht sein. Ich wollte mit diesem Mann keine Kinder, ich hatte eine komplett andere Vorstellung von Familie als er. In meinen Augen war er für seine beiden Söhne kein guter Vater, er strafte viel und hatte kaum ein liebes Wort für sie. Und von einer Partnerschaft waren wir beide weit entfernt. Im Gegensatz zu mir freute sich Hugo sehr über die Schwangerschaft, die ich anfangs versuchte zu ignorieren. Ich arbeitete im Garten weiter wie bisher und legte auch meine Steinkante, die ich schon lange geplant hatte. Ich war im 4. Monat, die Steine waren zum Teil recht groß und dieses kleine Wesen, das in meinem Bauch heranwuchs rebellierte plötzlich. Ich spürte zum ersten Mal einen kleinen Tritt gegen meinen Bauch. Bis zu diesem Zeitpunkt konnte ich meine Schwangerschaft ganz gut ignorieren, nun rührte sich plötzlich etwas in meinem Bauch und damit in meinem Bewusstsein. Ich ließ die restlichen Steine liegen, und legte meine Hand auf den Bauch. Dieses kleine Wesen in mir konnte doch nichts dafür und vielleicht würde sich meine Beziehung mit Hugo ja doch wieder bessern, und wir könnten eine richtige Familie werden.

In der Nacht wurde ich dann wach, meine Beine fühlten sich feucht und klebrig an. Ich stand auf, ging ins Bad und sah das Blut.

Ich weckte Hugo nicht, ich wusch mich, nahm eine Binde und legte mich wieder ins Bett.

Am nächsten Morgen, als seine Söhne im Kindergarten waren, sprach ich mit Hugo, und bat ihn mich zum Arzt zu fahren. Er war außer sich, nicht weil ich ihn nicht geweckt

hatte, sondern weil ich die Steine getragen hatte und es meine Schuld war das ich nun Blutungen hatte.
Der Arzt versuchte ihn zu beruhigen und war der Meinung das es damit nichts zu tun hätte.
Vielleicht wollte er auch nur, dass Hugo aufhörte mich so anzugehen.
Da ich noch immer leicht blutete sollte ich ins Krankenhaus. Es hatte sich ein Stück der Plazenta gelöst, und es drohte eine Fehlgeburt.
Es bestand die Gefahr das man mir das Kind abnehmen müsse um mein Leben nicht zu gefährden.
Aber ich wollte auf keinen Fall ins Krankenhaus, denn nun als die Gefahr bestand das Baby zu verlieren, wollte ich es unbedingt behalten. Es hatte sich bewegt, ich konnte es auf einmal in mir fühlen und in dem Augenblick, als ich den ersten zarten Tritt gespürt hatte, war in mir etwas geschehen. Ich wollte dieses Baby bekommen, und wenn ich mein Leben dafür lassen müsste.
Ich unterschrieb, dass ich keinen Krankenhausaufenthalt wollte, versprach aber absolute Bettruhe zu halten.
Wir fuhren nach Hause und ich hatte kaum die Haustür geöffnet, da rauschte es warm an meinen Beinen herunter und ich stand in einem riesigen Flecken Blut.
Merkwürdigerweise hatte ich aber überhaupt keine Angst, ich zog mich aus, machte mich wieder sauber und legte mich ins Bett. Hugo wischte den Boden und steckte meine Jeans in die Waschmaschine. Es war ein kurzer heftiger Blutsturz, weiter nichts.

Tatsächlich hörten die Blutungen auf, Hugo umsorgte mich und auch die beiden Jungs waren umgänglicher. Ich beschäftigte mich indem ich begann Babysachen zu stricken. In rosa und weiß, ich hoffte so sehr, dass es ein Mädchen werden würde. Ein Mädchen wäre schön.

Als mir mein Frauenarzt später bestätigte, dass es ein Mädchen werden würde, fiel mir ein Stein vom Herzen. Die beiden Jungs waren mehr als anstrengend, es gab ständig Ärger und ich hatte Angst, dass bei einem dritten Jungen meine Nerven versagen würden.

Im November wurde unsere kleine Katharina geboren. Ein kleines zartes Mädchen mit roten Haaren.
Wir waren am Donnerstag um 14:00 Uhr ins Krankenhaus gefahren, die ganze Nacht über hatte ich schon leichte Wehen gehabt und nun wurden sie stärker und kamen regelmäßig.
Um 18:08 Uhr war sie endlich da.
Hugo hatte die ganze Zeit am Fußende gestanden und zugeschaut, die Hebamme forderte ihn einmal auf mir mit einem kalten Tuch das Gesicht zu kühlen, was er dann auch tat. Danach bezog er wieder seinen Platz am Fußende, auch als ich später genäht werden musste. Er zeigte irgendwie überhaupt keine Emotionen oder machte Anstalten mir beizustehen. Es war, als würde ihn das Ganze überhaupt nichts angehen.
Erst als ich später in mein Zimmer gebracht wurde, zeigte er Freude über seine kleine Tochter, und am nächsten Morgen kam er mit einem riesigen Blumenstrauß ins Zimmer.

Ich weiß noch, als ein Kollege von Hugo mich im Krankenhaus besuchte und meinte: „ Die Kleine sieht ja ganz aus wie ihr Vater." Mir rutschte raus, dass es nichts machen würde, Hauptsache sie hätte nicht seinen Charakter. Den hatte sie nicht, Katharina war von Anfang an ein Sonnenschein und gab meinem Leben einen Sinn.

Am Sonntag wurde ich auf meinen Wunsch hin entlassen. Ich bekam im Krankenhaus keinen Schlaf.

Als sich am Montag meine Hebamme zur Kontrolle anmeldete, schloss Hugo mich im Haus ein. Sie stand vor verschlossener Tür und ich konnte sie nicht ins Haus lassen, ich hatte keinen Schlüssel. Er verkaufte mir die Situation, indem er mir erklärte, dass die Hebamme sich im Krankenhaus nicht genug um mich gekümmert hätte und sie kein Geld für ihre Arbeit verdienen würde. Ich schwieg. Der Stress mit Hugo blieb also bestehen, auch hatte er nun überhaupt kein Interesse mehr an mir. Wenn ich nach Zärtlichkeit verlangte bekam ich eine Abfuhr. Ich hatte zu gehorchen und keine Ansprüche zu stellen.

Während meiner Schwangerschaft hatten wir uns verlobt. In einem sentimentalen Moment dachte ich wirklich, es würde sich ab nun alles ändern. Als Katharina ein halbes Jahr alt war, warf ich ihm den Ring vor die Füße. Ich wollte an dem Tag meine Mutter besuchen, die beiden Jungs nahm ich immer mit, weil meine Schwester bei ihr wohnte und es einfach entspannter war, wenn wir uns dort trafen. Hugo nahm an diesem Tag ein großes Stück Papier, und malte zwei Kreise darauf, die sich in der Mitte überschnitten. Der eine Kreis stand für meine Mutter, der zweite Kreis für ihn und die Kinder. In die Mitte, also der Schnittstelle, malte er mich. Ich sollte mich entscheiden, eine Familie mit ihm oder mit meiner Mutter. Beides würde nicht gehen. Es reichte mir schon immer, wenn ich bei meiner Rückkehr von meiner Mutter mich zu ihm setzten musste, um Bericht zu erstatten. Was habt ihr gemacht, worüber habt ihr gesprochen und in allen Einzelheiten bitte. Aber dies hier war zu viel. Ich war gewiss kein Mamakind, wir sahen uns alle drei bis vier Wochen mal, und nun verlangte er eine Entscheidung gegen meine Mutter.

Ich warf den Ring zu Boden, sagte ihm den könne er sich sonst wohin stecken und fuhr mit den Kindern zu meiner Mutter.
Das dicke Ende kam natürlich am Abend bei meiner Rückkehr.

Als Katharina zwei war, packte ich meine Sachen und zog zu meiner Mutter. Sie hatte mir einen kleinen Hund geschenkt, nachdem ich meinen, der mich seit Kindertagen begleitet hatte, einschläfern lassen musste.
Hugo war gegen den kleinen Hund, fand ihn hässlich und trat mit Füßen nach ihm. Aber ich liebte den kleinen Benny von Anfang an. Er war ein lustiger kleiner Hund mit einem süßen Gesicht.
Ich wäre nicht wieder zurück gegangen, aber Katharina liebte ihren Vater, vermisste ihn und ihre Brüder. Sie wollte unbedingt mit ihm telefonieren und erzählte ihm dabei, dass sie gleich wieder kommen würde, er solle auf sie warten. Es zerbrach mir fast das Herz, also packte ich wieder meine Sachen und fuhr, in der Hoffnung, dass er sich endlich ändern würde, wieder zurück.
Es änderte sich nichts, im Gegenteil.

Als Katharina sechs Jahre alt war, kaufte er einen Resthof mit Land, angeblich, damit ich meinen Traum verwirklichen konnte. Ich holte meine Stute, die ich zu meiner Mutter gebracht hatte, wieder zu mir und nahm die Tochter von ihr auch gleich mit. Anfangs waren nur die zwei Pferde auf dem Hof und ich musste hin und her fahren.
Die Pferde waren erst ein halbes Jahr dort, als ich meine Stute im Geiste ständig tot auf der Wiese liegen sah. Ich konnte gegen diese Bilder gar nichts tun und erzählte Hugo davon. Ein Fehler, denn natürlich machte er meinen

kranken Kopf dafür verantwortlich. Dann kam der Morgen als ich zum Hof fuhr und meine Stute dort liegen sah. Sie war tot.

Und natürlich war es meine Schuld, ich hatte mit meinen negativen Gedanken ihren Tod heraufbeschworen. Für Hugo war die Sache klar. Meine Mutter bestand zum Glück darauf, dass sie untersucht werden sollte. Sie hatte ein Aneurysma direkt am Herzen gehabt. Vielleicht hatte meine Stute mir die Bilder geschickt, um mich darauf vorzubereiten? Helfen hätte ich ihr nicht können.

Die Kinder fühlten sich wohl auf dem Hof, und nach einem halben Jahr zogen wir ganz dorthin. Sein Elternhaus wollte er vermieten, seine Mutter war inzwischen in einem Pflegeheim untergebracht.

Sie hatte in den letzten Wochen ständig den sterbenden Schwan gespielt, sobald sie das Gefühl hatte, es liefe nicht alles nach ihren Wünschen.

Der Arzt musste an manchen Tagen mehrmals kommen und ich hatte mich inzwischen geweigert, ihr Essen zu machen und sie zu versorgen. Ihr fielen immer neue Dinge ein mir ein schlechtes Gewissen zu machen und als ich ihr eines Morgens das Frühstück brachte, stellte sie sich tot. Sie lag mit offenen Augen reglos im Bett. Ich bekam einen riesigen Schrecken, sprach sie mehrmals an und schüttelte sie schließlich am Arm. Sie tat, als hätte ich sie erschreckt, sie hätte mich gar nicht gehört, meinte sie.

Es reichte mir, es war nicht meine Mutter und ab sofort sollte Hugo sich selbst um sie kümmern.

Er rief noch am selben Tag den Arzt an und ließ sie ins Pflegeheim bringen. Hugo besuchte sie dort nie. Wieder war ich es, die zu ihr fuhr, wenn sie irgendetwas brauchte.

Für Katharina war der Hof ein kleines Paradies, für die Jungs weniger. Sie mussten mit ran, Hugo hatte immer neue Arbeiten für sie. Katharina bekam ein kleines Pony, als

Gesellschaft für meine zweite Stute, die ja jetzt alleine war. Später kamen noch mehr Pferde auf den Hof, da ich die Pferdeboxen vermieten konnte. Von der Boxenmiete sah ich allerdings nichts, das Geld verwaltete nach wie vor Hugo. Und obwohl ich die Arbeit und den Umgang mit den Pferden liebte, war ich nun angebunden auf dem Hof. Ich dachte, dass ich mir mit der Vermietung der Pferdeboxen ein Taschengeld verdienen könnte, aber nun hatte ich einen riesigen Haufen Arbeit an der Backe und trotzdem keinen Pfennig in der Tasche. Zudem hatten sich auch noch zwei Schafe, drei Ziegen und diverse Hühner auf dem Hof eingefunden. Später kam noch ein Schwein, unsere Hertha, dazu. Manchmal war ich so fertig, dass ich mich am liebsten am nächsten Baum erhängt hätte.

Und Hugo begann immer mehr zu trinken. Sobald ich abends im Bett lag, ging er zu seinem Auto und holte die Rotweinflasche raus. Anfangs brachte er die leere Flasche noch wieder zurück ins Auto, später landeten sie in den diversen Kartons.

Der Alkohol machte ihn immer aggressiver und er schlug seine Söhne. Ich ging oft dazwischen, aber auch seine Söhne, besonders Thomas, der ihm sehr ähnlich war, wurden immer aggressiver.

Hugo sorgte nach außen hin dafür, dass wir wie eine Bilderbuch Familie aussahen. Er schwärmte in seinem Kundenkreis von seinen tollen Kindern, seiner Frau, die sich so rührend um alles kümmerte und so fleißig wäre. Erzählte von unseren Tieren und dem großen Haus mit dem vielen Land, und das er sein Elternhaus vermietet hatte. Das machte Eindruck.

Da wir nie Besuch empfingen, konnte er diese Illusion die ganzen Jahre über aufrecht erhalten. Das im Haus nichts renoviert war, es durch das Dach regnete und das Mobiliar eigentlich auf den Sperrmüll gehörte, sah ja niemand.

Als Katharina älter wurde und in die Pubertät kam, traten neue Probleme auf. Katharina war, seit sie ganz klein war, ein sehr kuscheliges Kind. Sie brauchte immer schon viel Körperkontakt und lag gerne mit ihrem Vater auf dem Sofa. Sie legte sich dann auf seinen Bauch, und ließ sich von ihm den Rücken kraulen. Nun blieben seine Hände nicht mehr auf ihrem Rücken, er wollte ihr ständig über die wachsenden Brüste streicheln. Sie sagte ihm jedes Mal, dass sie es nicht wolle, er solle auf ihrem Rücken bleiben, aber er war der Meinung, dass es völlig natürlich sei, wenn er ihre kleinen Brüste anfassen würde. Ich geriet abends, als Katharina im Bett war, mit ihm darüber in Streit. Ich war der Meinung das er es zu respektieren hätte, wenn Katharina nein sagte. Er sah es ganz anders, meinte ich sei prüde und verklemmt und er als Vater dürfte seine Tochter anfassen wo er wolle. Ich ließ ihn in der kommenden Zeit mit Katharina nicht mehr allein. Ich wusste das er auf kleine Brüste stand, er kam oft von einer Kundin nach Hause und schwärmte von ihren „kleinen Knospen", wie er es nannte. Sie trug keinen BH und er schaute ihr wohl ungeniert in den Ausschnitte, wenn er bei ihr war. Er hätte Katharina sicherlich nichts angetan, aber ich wollte einfach nicht, dass er sie gegen ihren Willen anfasste.

Als Thomas achtzehn war, zog er aus. Ich war froh darüber, dachte, es würde vielleicht ruhiger werden. Aber das wurde es nicht. Seine Aggression ließ er nun an Sebastian und mir aus. Die Einzige, die immer verschont blieb, war Katharina. Sie bot ihrem Vater nie einen Angriffspunkt. Katharina hatte schnell gelernt, wie sie mit ihrem Vater umgehen musste, um nicht zur Zielscheibe zu werden. Wir drei hielten zusammen, jetzt, wo Thomas aus dem Haus war, gab es keinen mehr, der uns verpfiff, wenn etwas nicht so gelaufen war wie Hugo es erwartete.

Dabei reichte es schon, wenn ich vergessen hatte, einen Kunden nach seiner Telefonnummer zu fragen, weil er später wieder anrufen wollte. Oder ein zerbrochenes Bierglas, um ihn zum Ausrasten zu bringen. Ich dachte oft daran mir das Leben zu nehmen. Ich wollte einfach weg von diesem Mann und wusste nicht wie. Aber Katharina zurücklassen bei diesem Mann wollte ich auch nicht. Ich hatte Angst, dass sie dann doch zur Zielscheibe für ihn werden könnte. Und Katharina mitnehmen in den Tod, allein die Vorstellung daran ihr etwas antun zu müssen, war unvorstellbar. Ich hätte ihr nie wehtun können, sie war es doch, wofür ich lebte.

Zudem hatte ich eine Amalgamvergiftung, von der ich noch nichts wusste. Ich konnte mich immer schlechter konzentrieren, vergaß alles Mögliche und dachte, dass es von dem psychischen Stress käme. Aber dem war nicht so. Es wurde immer schlimmer, ich traute mich kaum noch ans Telefon zu gehen, weil ich selbst meinen Namen an einigen Tagen nicht mehr wusste. Ich legte mir daraufhin einen Zettel mit meinem Namen ans Telefon. Hugo gab mir in dieser Zeit Rechenaufgaben, die ich lösen sollte. Aufgaben für die Grundschule, wie er sagte. Ich zählte mit den Fingern und versuchte die Aufgaben zu lösen, aber weiter als bis zehn kam ich nicht.
Die Kinder verdonnerte er dazu, meine Aufgaben zu kontrollieren, alles nur zu meinem Besten natürlich.
Katharina sagte mir oft vor, was ich hinschreiben sollte, ich glaube, sie hatte als Einzige verstanden, dass ich es wirklich nicht konnte.
Es war, als wäre meine Festplatte im Kopf gelöscht worden. Einfache Wörter wollten mir einfach nicht mehr einfallen. Ich wusste, dass ich es wusste, kam aber an die Informationen einfach nicht mehr heran.

Auf die Idee, mit mir einen Arzt aufzusuchen, kam Hugo
nicht. Stattdessen machte er einen Termin beim Jugendamt.
Wir waren nicht verheiratet, und er wollte, dass ich ihm das
alleinige Sorgerecht für Katharina übertrage. Wenn mir
etwas passiert, meinte er, sollte seine Tochter auf keinen
Fall zu meiner Familie kommen. Meine Mutter hätte einen
so schlechten Einfluss, und sie hätte sich schon um ihre
Kinder nicht gekümmert. Katharina solle in dem Fall
unbedingt bei ihm bleiben und es sollte sich auch niemand
einmischen können. Er hätte schon mit dem Jugendamt
gesprochen, es würde ganz schnell gehen, ich bräuchte nur
unterschreiben.

Die Dame vom Jugendamt hatte das Formular schon fertig,
es fehlte nur meine Unterschrift. Irgendwie hatte ich einen
lichten Moment und fragte sie, was im Falle einer Trennung
wäre. Hugo zischte sofort dazwischen. „Herzilein," so
nannte er mich manchmal, „wir trennen uns doch nie, was
redest du denn da. Wie kommst du nur auf so einen
Blödsinn?"
Die Dame sagte mir, dass Katharina im Falle einer
Trennung bei ihrem Vater bleiben würde und ich lediglich
ein Besuchsrecht alle 14 Tage hätte. Ich unterschrieb nicht
und Hugo war stinksauer.

Irgendwann sah ich im Fernsehen einen Beitrag über
Amalgamvergiftung. War es Zufall oder Schicksal? Keine
Ahnung, aber diese Leute erzählten von ihren Problemen,
die auch meine waren.
Ich machte einen Termin beim Zahnarzt und Hugo war so
gütig mich hinzufahren. Ich selbst hätte den Weg nicht
mehr gefunden.
Ich sprach mit meinem Zahnarzt und er schickte mich erst
einmal weiter zu einem Heilpraktiker. Der stellte fest, dass
ich mit Quecksilber völlig vergiftet war.

Ich bekam ein Rezept mit Mitteln zur Ausleitung. Damit sollte ich beginnen, bevor der Zahnarzt mir Stück für Stück das Amalgam aus den Zähnen entfernen würde. Meine Rechenaufgaben blieben aber weiterhin. Auch auf der Fahrt zum Zahnarzt. „Ich habe 2 Kisten Getränke im Auto Anna. Jeweils mit 12 Flaschen. Wenn ich die nachher abgebe, wie viel Pfandgeld bekomme ich dann?" Ich hatte 20 Minuten Zeit für die richtige Antwort, so lange dauerte die Fahrt bis zum Zahnarzt. Ich kam völlig verheult bei ihm an, ich hatte die Aufgabe nicht lösen können.

Es dauerte einige Wochen bis ich soweit war, dass ich mir zutraute alleine zu fahren.
Nach einem halben Jahr ging es mir schon deutlich besser, das Amalgam war entfernt und ich brauchte nur noch die weitere Entgiftung. Da der Heilpraktiker und die Medikamente nicht von der Kasse bezahlt wurden, entschied Hugo dann kurzerhand, dass es genug wäre. Angeblich hatte er gehört, dass der Heilpraktiker ständig Verhältnisse mit seinen Patientinnen einging, so ein Mensch würde von ihm kein Geld mehr bekommen. Deshalb zahlte er auch nie die letzte Rechnung.

Ich fragte mich später oft, wie ich es die 20 Jahre mit ihm ausgehalten hatte. Aber ich war komplett abhängig von ihm, finanziell und auch mental. Er hatte es geschafft, mir jegliches Selbstbewusstsein zu nehmen.
Ich hatte wirklich geglaubt, dass ich ohne ihn total verloren wäre. Und es gab ja zwischendurch auch immer wieder einen Tag an dem er total nett und liebevoll war. So wie am Anfang unserer Beziehung. Dann sagte er mir, wie stolz er auf mich wäre, wie lecker mein Essen immer wäre, das ich kochte, und wie sehr er mich lieben würde.

Zum Geburtstag und Muttertag gab es Blumen und nette Geschenke. Es waren die Zuckerwürfel die er mir ab und an zuwarf, um mich bei Laune zu halten.
Und ich hatte Katharina und meine Tiere, die mir Kraft gaben.
Katharina lernte schnell reiten und war viel mit den Mädchen, die ihre Pferde bei mir untergestellt hatten, unterwegs. Und als ich noch zwei Ponys mehr bekam, hatten wir Kinder auf dem Hof, die gemeinsam mit Katharina von mir Unterricht bekamen. Auch konnte ich inzwischen öfter gemeinsam mit Katharina Ausritte unternehmen.
Dieses Leben hätte ich gerne weiterhin geführt, nur den Mann hätte ich gerne ausgetauscht.

Wenn Hugo nüchtern war, konnte ich auch mit ihm reden, darüber das ich Angst vor ihm bekam, wenn er getrunken hatte, weil der Alkohol ihn so aggressiv machte. Er versprach dann jedes Mal damit aufzuhören. Aber ich müsse mich eben auch ändern, er würde nur so viel trinken, weil ich nicht so war, wie er mich gerne hätte.

Als Sebastian achtzehn wurde, wurde auch die Anspannung zwischen ihm und seinem Vater zu groß. Sebastian zog bei Nacht und Nebel aus, und ich wusste lange Zeit nicht, was da hinter meinem Rücken gelaufen war. Ich sah die Jungs viele Jahre nicht wieder. Hugo hatte ihnen verboten sein Haus jemals wieder zu betreten.
Katharina und Sebastian trafen sich einige Male heimlich, aber als Hugo sie zusammen erwischte, war auch das vorbei.
Jetzt stand nur noch ich als Zielscheibe seiner Aggression zur Verfügung.
Einige Male bat ich ihn, mich gehen zu lassen, eine Beziehung hatten wir eh seit Jahren nicht mehr. Ich war ihm

nicht gut genug, war ihm zu dumm und ungebildet. Ich hätte gehen dürfen, allerdings ohne meine Tochter. Ich hätte keinen Beruf, kein Geld, könne ihr nichts bieten, wäre auch nicht lebensfähig ohne ihn und ja auch psychisch krank, das hätte er ja in den letzten Jahren gesehen. Meine Tochter würde bei ihm bleiben, dafür würde er sorgen. Also blieb ich.

Er hatte sein Einfamilienhaus im Nachbarort noch vermietet, aber es gab dort auch noch eine kleine Einliegerwohnung, in der seine Mutter lebte, bis Hugo sie in einem Pflegeheim untergebracht hatte.
Katharina war gerade sechzehn, die Schule lief mittelmäßig. Ihr Vater war der Meinung sie bräuchte auch keinen Schulabschluss, sie würde doch eh in seiner Firma arbeiten und sie später übernehmen. Sie musste oft Zuhause bleiben und ihm zur Hand gehen.
Ich war ihm nicht konzentriert genug. Aber ich wollte, dass Katharina ihren Realschulabschluss machte, und sie wollte es auch. Also schmiedeten wir einen Plan.
Wir verkauften ihrem Vater die Idee, dass Katharina in die Einliegerwohnung einziehen sollte, um seine Mieter unter Kontrolle zu haben. Nicht, dass sie denken, es wäre ihr Haus, und sie könnten dort tun und lassen, was sie wollten.
Unsere Strategie ging auf, Katharina bezog mit sechzehn eine eigene kleine Wohnung, konnte endlich Freunde zu sich einladen und sie machte ihren Realschulabschluss.

Jetzt wo Katharina nicht mehr zuhause wohnte, brauchten wir auch kein Heizöl mehr. Ich hatte ihm einige Male Wochen vorher gesagt, dass der Tank bald leer sein würde und er dringend Heizöl bestellen müsste.
Hätte ich es bestellt, hätte ich es bezahlen müssen, und Geld besaß ich ja keines. Er tat es nicht, und als im

Dezember die Heizung ausging, war es meine Schuld. Ich hätte rechtzeitiger Bescheid sagen müssen.

So gab es den ganzen Winter über keine Heizung und kein warmes Wasser. Dafür viel Schnee, und nachts war es oft unter minus zehn Grad.

Ich schlief mit dicker Jacke, dicker Hose und Mütze auf dem Kopf. Hugo schien es nicht zu stören, er fuhr morgens aus dem Haus und kam erst am späten Abend wieder zurück. Ich hatte kein Auto in der Zeit, konnte nicht weg, auch wegen der Pferde nicht.

Katharina wollte, dass ich zu ihr komme, aber das wollte ich nicht. Ich hatte Angst, ihr Vater würde sich dann auch dort einquartieren.

In dieser Zeit wurde mein Backofen zu meinem besten Freund. Die Küche war recht klein, ich drehte den Ofen auf 250 Grad und setzte mich davor. Ich war unendlich dankbar für die Wärme, die aus dem Ofen strahlte. Meine Beine waren zum Teil blau gefroren und meine Füße kaum noch zu spüren. Ich legte meine Strümpfe auf die Backofentür und zog sie dann warm wieder über.

Warum ich das alles ertrug, weiß ich nicht. Ich hatte überhaupt kein Selbstbewusstsein, traute mir nichts zu, wusste nicht wohin, auch mit meinen ganzen Tieren nicht und hatte eine riesige Angst vor dem Mann, den ich mal liebte und der mich angeblich noch immer liebte. Jedenfalls war er immer wutentbrannt, sobald ich mich mal mit einem Mann unterhielt. Dass es keine Liebe war, sondern ich nur in seinem Besitz, war mir damals noch nicht klar.

Es gab weiterhin kein Heizöl, und so fuhr ich dann, als ich wieder Auto fahren durfte, doch zu Katharina, um dort jedenfalls zu duschen.

Irgendwann im Februar hatte Hugo dann wohl genug von der Kälte und bestellte endlich Heizöl. Kalt blieb es

trotzdem, der Heizofen war kaputt, das Heizöl blieb
ungenutzt bis zu meinem endgültigen Auszug.

Kurz darauf wurde mein kleiner Hund vor dem Haus
überfahren. Es war entsetzlich für mich. Lange Zeit saß ich
mit ihm im Arm im Stall und weinte.
Für Hugo war es klar, ich war einfach zu dumm, um auf
meinen Hund aufzupassen. Nicht einmal dazu war ich in
der Lage. Aber das war noch nicht alles.
Die PKW- Fahrerin klingelte an der Tür, der Unfall hatte
einen Schaden an ihrem Auto verursacht.
Die Selbstbeteiligung der Hundehaftpflicht belief sich auf
500,- Euro. Dafür sollte ich aufkommen, Hugo würde
keinen Cent bezahlen, teilte er mir mit. Für meine
Dummheit sollte ich selbst aufkommen.

Ich suchte mir einen Putzjob und ging 5 Stunden am Tag
arbeiten. So war ich auch wieder krankenversichert, was ich
lange Zeit nicht mehr war. Dafür hatte Hugo kein Geld,
obwohl ich noch immer in seiner Firma arbeitete, allerdings
inzwischen unentgeltlich. Durch den Hof hatte er genug
zum Absetzten und brauchte mich dafür nicht mehr.
Ich verdiente mir durch die Büroarbeit, die ich im
Wohnzimmer machte, falls man es Wohnzimmer nennen
konnte, mein Essen. Wenn ich die Arbeit nicht erledigt
hatte, kam es auch vor, dass er mir das Mittagessen strich.
Ich musste dann den Tisch verlassen, und er sorgte dafür,
dass es keine Reste vom Mittag gab. Essen gab es, wenn
meine Arbeit erledigt war.
Ich war ein seelisches Wrack und sah nach außen hin auch
nicht besser aus. Es gab ja draußen auch noch die Arbeit auf
dem Hof, und im Haus musste ich viel improvisieren, weil
so viel fehlte oder nicht funktionierte.

Es gab auch in den ganzen Jahren, und es waren 18 Jahre, die ich dort mit ihm auf dem Hof lebte, kein Bett. Wir schliefen zwischen unzähligen Kartons auf Matratzen. Meine Bettdecke bekam ich irgendwann einmal von meiner Mutter geschenkt, weil ich ihr mal erzählt hatte, dass ich keine Bettdecke besaß.

Ich machte morgens also die Stallarbeit und fuhr gegen halb zwei los, um diverse Gebäude zu reinigen.

Wenn man die wahre Natur eines Menschen kennenlernen möchte, sollte man ihre Toiletten reinigen. Ich hätte nie gedacht, dass die Toiletten von Frauen so verschmutzt sein können. Machten die zuhause ihre Toiletten nicht selbst sauber? Es war manchmal einfach nur ekelhaft.

Und als Putzfrau wird man von den oberen feinen Herrschaften oft sehr schäbig behandelt. Es gab nur wenige Menschen, die meine Arbeit zu schätzen wussten und mich freundlich behandelten. Dabei machte mir meine Arbeit Spaß, ich machte gerne sauber und freute mich auf mein erstes eigenes Gehalt.

Die Freude ließ allerdings schnell nach. Da ich ja nun den halben Tag nicht Zuhause war, musste Hugo das Büro übernehmen. Sein Verdienstausfall wurde durch mein Gehalt aufgefangen, meine Scheckkarte blieb damit weiterhin in seinem Besitz.

Nach drei Monaten kündigte ich wieder, ich war mit meiner Kraft auch am Ende. Ich war eh immer sehr schlank, inzwischen war ich untergewichtig, kraftlos und müde.

So vergingen die nächsten 2 Jahre, inzwischen hatte ich auch wieder Kontakt zu meiner Mutter. Sie hatte mich eines Tages am Telefon erwischt und erzählte von Hugos damaligem Anruf. Auch hatte sie lange Zeit versucht mich anzurufen, hatte aber ständig Hugo am Telefon, weil alle Telefonnummern auf sein Handy gestellt waren, er hatte aber immer sofort wieder aufgelegt.

Und Briefe hatte sie mir geschrieben, aber da Hugo ein Postfach eingerichtet hatte, bekam ich sie nie zu Gesicht. Ebenso wenig wie die Einladung zur Hochzeit von einer Freundin, mit der ich zusammen meine Ausbildung gemacht hatte. Den Brief mit der Einladung fand ich Monate später zufällig in einem seiner Kartons. Der Brief war geöffnet. Die Post von meiner Mutter habe ich nie gefunden.

Mir erzählte er in dieser Zeit, dass meine Familie nie gut für mich war und sie auch keinen Kontakt mehr zu mir wollten. Ich wäre ihnen egal und ich solle froh sein, ihn zu haben.

Um etwas für meinen Kopf zu tun und mich nicht völlig verdummen zu lassen, spendierte Hugo mir nach langem Bitten ein Fernstudium für Tierheilkunde.

Nicht, dass ich jemals in so einem Beruf arbeiten könne, dafür wäre ich dann doch zu dumm. Aber es könne ja nicht schaden, etwas für meinen Kopf zu tun, war seine Meinung darüber.

Ich lernte in jeder freien Minute, und er bezahlte sogar die monatlichen Raten für mich.

So konnte er natürlich auch im Kundenkreis damit prahlen, dass er das Studium für seine Frau finanzierte. Es war oft schwierig, weil er natürlich von Anfang an dagegen an arbeitete. Ich hatte ja weiterhin seine Bürotätigkeit zu erledigen, dazu noch die Hofarbeit und konnte nur in der Zeit lernen, in der er nicht zuhause war. Und er ließ immer wieder durchblicken, dass er nicht von mir erwarte die Prüfung zu bestehen, es wäre lediglich eine gute Sache für meinen Kopf.

Dass ich die Prüfung nicht bestehen würde, wäre kein Drama. Das könne man von mir nicht erwarten.

Zeitgleich lernte ich Reiki kennen, eine Art der Energieübertragung.

Eine der Frauen, die ihr Pferd bei mir untergestellt hatten, erzählte davon und behandelte mein krankes Pony. Die Wirkung war erstaunlich und ich wollte es unbedingt erlernen, passte es doch gut zu meiner Ausbildung für Tierheilkunde.

Meine Mutter spendierte mir dann den ersten Kurs. Während unserer Kennlernrunde erzählte ich, dass ich diesen Kurs machen wollte, um Tiere besser behandeln zu können. Aber als ich nach der ersten Einweihung auf der Liege lag und von einigen der anderen Teilnehmer Reikienergie bekam, fühlte es sich an, als würde ich im Feuer liegen. Es war klar, ich brauchte diese Energie für mich selbst und dieser Kurs war wichtiger für mich als für die Tiere, die ich behandeln wollte.

Am Sonntag, als der Kurs endete, war ich das heulende Elend. Diese zwei Tage waren so liebevoll gewesen, und nun war es wieder vorbei. Zuhause würde mich wieder der Alltag erwarten und ein Mann ohne Mitgefühl und Herz. Und dem war auch so. Als ich zuhause ankam, weinte ich noch immer und ging vorsichtshalber erst einmal in den Stall. Hugo kam hinterher, wollte wissen warum ich am heulen sei, und ich solle zusehen, dass ich in die Küche käme, er hätte noch kein Essen gehabt. Wenn er gewusst hätte, wie dieser Blödsinn ausgeht, hätte er es mir verboten.

Ich fuhr trotzdem regelmäßig, sofern ich ein Auto hatte, zu den Reikitreffen und machte in der Ausbildung weiter. Ich hatte heimlich ein Sparkonto eingerichtet und meine Mutter überwies mir ohne sein Wissen jeden Monat etwas Geld.

Katharina war inzwischen 18 und hatte ihren Führerschein und einen eigenen Pkw von ihrem Vater bekommen.

Als meine Prüfung anstand, bat ich sie, mich zu fahren. Ich selbst war zu aufgeregt und traute mir die 150 km, die es zu fahren galt, nicht zu.

Hugo wollte mich unbedingt fahren, aber ich wusste, er würde mich darauf programmieren, die Prüfung zu vermasseln. Und er hätte es sicher geschafft.

So fuhren Katharina und ich hin und sie machte mir Mut. „Du schaffst das schon, Mama!"

Und ich bestand die Prüfung, sogar sehr gut. Ich selbst war so überrascht davon, dass ich mich anfangs kaum freuen konnte. Ich war von mir selbst völlig überrascht. Nach gut einer Stunde stand ich mit meinem Diplom bei Katharina am Auto und hätte vor Erleichterung nun doch fast geweint. Sie telefonierte gerade mit ihrem Vater, „Mama hat die Prüfung geschafft, sie hat ihr Diplom!" Am anderen Ende der Leitung war es still.

Wieder Zuhause wurde nicht gefeiert, es gab eine lange Predigt. Ich solle mir nicht einbilden in diesem Beruf arbeiten zu können. Und Geld könne ich damit auch nicht verdienen. Ich würde Fehler machen, die Tiere falsch behandeln, und die Besitzer würden mich verklagen. Eine Haftpflichtversicherung dagegen würde er mir nicht finanzieren. Ich solle mir auf so ein Stück Papier nur nichts einbilden.

Heilig Abend waren wir wieder bei Katharina, so musste er in seinem Haus keinen Platz schaffen für einen Baum. Aber die Stimmung war gedrückt. Weder Katharina noch ich hatten große Lust den Weihnachtsabend mit ihm zu verbringen. Ich war immer froh, wenn diese Zeit vorbei war. Die Weihnachtstage verbrachte Katharina mit ihrem Freund und bei mir war wieder Alltag.

Silvester lud Hugo mich dann zum ersten Mal abends zum Essen ein. Er wollte einen gemütlichen Abend mit mir verbringen. Das war völlig neu.
Nachdem ich die Tiere draußen versorgt hatte, ging ich unter die Dusche und machte mich fertig. Meine Mutter rief dann noch an und wir sprachen einige Minuten miteinander. Als ich Hugo sagte, dass wir fahren könnten, ich wäre fertig, schlug seine Meinung plötzlich um. Es wäre noch Zeit genug, und ich verstand mal wieder nicht.

Er hatte in der Zwischenzeit einen Vertrag aufgesetzt, den er nun mit mir besprechen wollte. Darin war festgelegt, dass ich mich künftig nur noch um ihn und um das Haus zu kümmern hätte. Des weiteren sollte ich den Kontakt zu meiner Familie, insbesondere zu meiner Mutter, wieder abbrechen. Ich hätte ja wohl selbst bemerkt, was für einen schlechten Einfluss sie auf mich hätte.
Ich verstand nicht. Meine Mutter hatte mir öfter gesagt, dass ihre Tür immer offen stehen würde für mich, auch in seinem Beisein. Das war aber auch alles.
Außerdem sollte ich unterschreiben, dass ich diesen Schwachsinn mit meiner Tierheilpraxis sofort sein lasse, und ich dürfe nicht mehr zu dieser Reiki Sekte, wie er es nannte. Er hätte schließlich einen Ruf zu verlieren. Es gab noch ein paar Dinge mehr, die er aufgelistet hatte, während ich unter der Dusche stand und er die Flasche Rotwein leerte.
Ich unterschrieb nicht, ich war einfach nur wütend. Ich bräuchte auch noch nicht unterschreiben, bot er mir großzügig an, er gab mir drei Tage Zeit, es mir reiflich zu überlegen. Er sei jetzt auch müde und würde zu Bett gehen. Silvester sei mal wieder für ihn gelaufen.
Katharina war bei ihrem Freund und feierte dort mit der Clique Silvester, das wusste ich. Aber den Zweitschlüssel für ihre Wohnung hatte ich.

Ich nahm mir eine Flasche Sekt und die Tüte Chips und machte mich zu Fuß auf den Weg ins Nachbardorf. Das Auto wollte ich nicht nehmen, dann hätte Hugo sofort bemerkt, dass ich das Haus verließ und wäre vermutlich hinterher gekommen. Ich schlich mich fort und hoffte, dass er schlafen würde.
Es waren nur knapp 5 Kilometer, die ich zu laufen hatte. Die Nacht war sternenklar und die Luft herrlich frisch. Ich atmete tief durch und fühlte mich wie befreit. Ich würde gehen und ich würde ihn endlich verlassen.

Der Weg führte ein kleines Stück am Wald vorbei und es wurde hier richtig dunkel, und mir war plötzlich doch etwas mulmig zumute. Und dann sah ich auf einmal meinen kleinen Hund vor mir herlaufen und meinen Vater, der seit so vielen Jahren tot war, neben mir.
Er legte seinen Arm um mich und mein kleiner Benny lief voraus. Meine Angst war fort, ich fühlte mich sicher. Ich war in der besten Begleitung die ich mir wünschen konnte. Als ich das Dorf erreichte und die ersten Straßenlaternen den Weg erleuchteten, verabschiedeten sich die beiden von mir. Den Rest des Weges konnte ich nun wieder ohne sie gehen.
In Katharinas Wohnung angekommen überlegte ich kurz, ob ich sie anrufen sollte. Aber ich tat es nicht, ich wollte ihr das Silvesterfest nicht verderben. Sie würde vermutlich sofort kommen wollen um bei mir zu sein. Das wäre so typisch für sie, sie hatte immer das Bedürfnis, auf mich aufzupassen.
Sie sollte den Abend genießen, und ich würde es auch tun. Ich schaltete den Fernseher ein, öffnete die Flasche Sekt und verspeiste die Chips.

Am nächsten Morgen stand Hugo plötzlich vor der Tür. Ihm war eingefallen, dass ich wohl nur bei Katharina sein könnte. Er wollte mich abholen.

Ich stieg in sein Auto und fuhr mit ihm wieder zum Hof, die Tiere mussten ja auch versorgt werden, aber mit dem festen Vorsatz, am Abend, wenn alles versorgt war, wieder zu Katharina zu fahren.

Am Vormittag klingelte das Telefon, ich ging ran. „Mama bist du das?" Und dann weinte Katharina hemmungslos.

Ihr Vater hatte in der Nacht irgendwann bemerkt, dass ich nicht mehr da war. Er war dann in Panik geraten und hatte befürchtet, dass ich mir etwas antun könnte. Er hatte mich überall auf dem Hof gesucht, und weil er mich nicht finden konnte, bei Katharina angerufen. Sie sollte sofort kommen. Das konnte sie jedoch nicht, sie hatte zu viel getrunken und traute sich nach dem vielen Sekt die Fahrt nicht zu.
Daraufhin hatte er ihr gesagt, dass es ihre Schuld wäre, wenn ich mir etwas antäte.
Hätte sie nicht getrunken könnte sie ihm jetzt bei der Suche nach mir helfen. Er würde sie dafür verantwortlich machen, wenn ich mir das Leben nehme.
Das alles erzählte sie mir, als wir am Abend gemeinsam bei ihr auf dem Sofa saßen.

Ich war entsetzt und sprachlos. Wie konnte ein Vater so etwas sagen. Und ich wollte, dass sie ihr Silvesterfest genießen konnte. Hätte ich sie doch nur angerufen! Was für eine Angst muss sie gehabt haben! Es tat mir so leid.

Ich stellte ihn nicht zur Rede, es hätte auch nichts geändert. Er hätte wieder behauptet, dass es alles ganz anders gewesen sei, und es hätte nur wieder mit Beleidigungen mir gegenüber geendet.

Einige Tage später kam er auf mich zu um mit mir ein ernstes Wort zu reden.
Es ginge so nicht weiter, ich dürfe mich nicht einfach bei meiner Tochter einquartieren. Katharina hätte ihm gesagt, dass sie sich nicht traue mir zu sagen, dass sie ihre Wohnung wieder für sich haben wollte. Sie fühle sich kontrolliert durch meine Anwesenheit, und ihr Freund könne auch nicht bei ihr schlafen, dafür wäre die Wohnung zu klein.
Sie möchte, dass ich wieder auszöge, wisse aber nicht, wie sie es mir sagen solle.

Als ich abends zu ihr kam, sprach ich sie darauf an.
„Mama, du bleibst solange du willst, ich freue mich, wenn du hier bist. An deiner Stelle würde ich auch nicht wieder zu ihm zurückgehen. Es ist kein Wort davon wahr, ich habe überhaupt nicht mit ihm gesprochen." Es war eine Lüge, Hugo versuchte, einen Keil zwischen Katharina und mich zu treiben.
Und es blieb nicht bei dieser Lüge. In den kommenden Wochen fiel ihm immer wieder etwas ein, um böse Saat zu streuen.
Katharina und ich hatten zum Glück ein sehr gutes und vertrauensvolles Verhältnis zueinander, und so konnten wir ganz offen über alles reden. Manchmal stellte er uns Fangfragen, um uns gegeneinander auszuspielen, aber wir hatten längst auch darüber gesprochen.
Wir wussten beide, egal was ihr Vater für eine Behauptung aufstellen würde es wäre eine Falle. Katharina würde niemals etwas über oder gegen mich sagen, und ich auch nicht über sie. Wir ließen ihn auflaufen, und so gab er irgendwann auf.

Nach einigen Monaten zogen die Mieter vorne aus, sie hatten sich ein Eigenheim gekauft. So zog Katharina in die große Wohnung nach vorne und ich behielt die kleine Einliegerwohnung hinten.

Zum Geburtstag schenkte Hugo mir tatsächlich 1000,- Euro. Davon sollte ich mir eine Einrichtung kaufen. Ich freute mich wahnsinnig darüber, unser Verhältnis war inzwischen auch durchaus freundschaftlich geworden.

Tagsüber war ich auf dem Hof, machte meine Büroarbeit, wusch seine Wäsche und kochte ihm sein Mittagessen, versorgte die Tiere und hielt auch den Garten in Ordnung. Am Abend fuhr ich dann wieder in meine eigenen kleinen vier Wände.

Das erste, was ich mir von dem Geld kaufte, war ein Bett. Es war das erste neue Bett in meinem Leben. Als Kind hatte ich gebrauchte Betten, was nicht schlimm war. Wir hatten nicht so viel Geld, daher trugen wir auch meist die Kleidung unserer älteren Geschwister auf. So war es auch bei den Betten. Und bei Hugo gab es eben nur die Matratze auf dem Fußboden.

Nun freute ich mich abends auf mein erstes eigenes Bett. Ich kaufte mir auch noch einen kleinen Wohnzimmerschrank, der perfekt in das kleine Zimmer passte. Alles andere war gebraucht, aber es wurde eine kleine gemütliche Wohnung, und ich hatte noch gut 500,- Euro über. Die war ich allerdings bald wieder los.

Hugo stand eines abends vor meiner Tür und fragte, ob ich noch von dem Geld etwas übrig hätte, was er mir zum Geburtstag geschenkt hätte. Er müsse dringend eine Überweisung abgeben und sein Geld wäre noch nicht gekommen. Ich bekäme es ganz schnell wieder, meinte er. Ich gab ihm die 500,- Euro und sah sie nie wieder.

Einige Wochen später kam er abends wegen der neuen Firma, die er damals auf meinen Namen angemeldet hatte und wollte mit mir darüber sprechen. Er musste einige Jahre zuvor eine neue Firma gründen und wollte unbedingt, dass sie auf meinen Namen lief. Damit ich abgesichert wäre, meinte er, und ich hatte ihm geglaubt.

Ich sah nie Geld aus der Firma, sämtliche Unterlagen waren in seiner Hand und das Finanzamt lag nun mir ständig im Nacken. Er war fein raus, er arbeitete für die Firma, verdiente sein Geld damit und ich trug die Verantwortung für Dinge, von denen ich überhaupt keine Ahnung hatte, geschweige denn etwas wusste, denn alle Post ging weiterhin in sein Postfach und ging mich nichts an. Er bestellte sogar eine Münzsammlung auf meinen Namen, von der ich erst erfuhr, als der Gerichtsvollzieher vor mir stand.

Ein Schufaeintrag war mir jetzt sicher, aber das wäre bei mir doch eh egal, war Hugos Reaktion darauf.

Jedenfalls sollte ich die Firma auf den Namen von Katharina ummelden, er würde sich um alles kümmern. Katharina wolle die Firma gerne übernehmen, und ich sollte eine monatliche Abfindung erhalten, mit der ich mir ein neues Leben aufbauen könnte.

Ich hatte mit Katharina schon darüber gesprochen, sie wollte tatsächlich die Firma übernehmen, sagte sie mir. Damit wäre ihre Zukunft gesichert. Dass aus der monatlichen Abfindung nichts werden würde, war mir klar. Hugo hielt in Gelddingen nie sein Wort, aber ich wollte Katharina nicht die Zukunft verbauen und unterschrieb die Vereinbarung, die Hugo mir vorlegte.

Er versprach, Katharina in der Firma freie Hand zu lassen, es war ein Fehler, ihm das zu glauben.

Im Garten war unendlich viel zu tun, ich hätte dringend Hilfe gebrauchen können, aber Hugo hatte nie Zeit mal irgendeinen Handschlag dort zu machen. Er war nur zur Stelle, wenn es darum ging die Arbeit zu verteilen.

An einem Morgen sagte er mir, dass er nicht zum Mittag kommen würde, er müsse nach Hagen und wäre erst abends zurück. Solche Tage liebte ich. Ich rief am Vormittag meine Tochter an und wollte wissen, ob wir zusammen essen wollten. „Papa ist ja in Hagen heute." „Ne, der war vorhin hier und hat ein Verlängerungskabel geholt." Carmen, schoss es mir in den Kopf. Er hatte in den letzten Tagen öfter von einer Kundin erzählt, die zwei Dörfer weiter wohnte und mit ihren Kindern ganz allein in dem großen Haus wohnte.
Eine innere Stimme flüsterte mir zu, dass ich dort mal vorbeischauen sollte.
Wenn er eine Freundin hätte, Hurra, aber mich dann hier mit der ganzen Arbeit allein zu lassen und mit Almosen abzuspeisen, machte mich dann doch wütend.

Ich fuhr hin, viele Häuser gab es in dem Ort nicht, und sein Auto war ja nicht zu übersehen. Ich hatte auch eine ungefähre Ahnung, wo das Haus dieser Carmen sein könnte.
Sein Auto parkte versteckt hinter dem Haus, aber mein 7. Sinn führte mich dennoch hin. Was für ein idyllisches Bild mich dort erwartete.
Hugo schnitt die übergroße Hecke, Carmen harkte das Schnittgut zusammen und die zwei Kinder spielten bei ihnen auf dem Rasen. Ich schaute eine Weile zu, bis Hugo sich umdrehte, mich sah und ziemlich weiß wurde im Gesicht. Auch Carmen erblickte mich, kam auf mich zu und stellte sich vor.
Als ich meinen Namen sagte, nickte sie kurz, nahm ihre Kinder und ging ins Haus. Eine kluge Frau.

Hugo kam dann auf mich zu mit dem obligatorischen Satz: „Es ist nicht das wonach es aussieht." Ich fuhr ihn an, dass es mir scheißegal wäre, wonach es aussähe, er für mich ab sofort gestorben sei und ich für ihn keinen Finger mehr krumm machen würde. Dann ließ ich ihn stehen und fuhr ziemlich wütend davon. Dabei war ich gar nicht wütend auf ihn oder diese Carmen, sondern auf mich und meine Dummheit.

Ich fuhr zurück zum Hof, ging ins Haus an den Schrank von Hugo, in dem die von mir gewaschene und sauber gefaltet Wäsche lag, nahm seine Boxersthorts heraus und zerschnitt die Beine in schöne Streifen, allesamt. Dabei musste ich lachen, weil ich mir vorstellte wie er in diesen Fransenshorts vor Carmen stand. Aber ich freute mich auch auf das Nachspiel, das diese Aktion haben würde.
Mir war klar, dass er mir danach den Schlüssel abnehmen würde und ich das Haus nicht mehr betreten durfte.

Am nächsten Morgen kam er wie erwartet wutentbrannt auf den Hof, machte mir eine riesige Szene und verlangte sofort den Schlüssel.
Ich brauchte nie wieder seine Wäsche waschen, für ihn kochen oder irgendwelche Arbeiten erledigen.
Mittags rief Katharina mich auf dem Handy an und wollte wissen, ob ich schon mit ihrem Vater gesprochen hätte.
Ich erzählte ihr von der Szene, die er mir gemacht hatte. Er hatte zuvor bei ihr angerufen und Katharina fast exakt die gleichen Sätze gesagt.
Dass meine Reikileute eine Sekte wären und der Zenmeister, mit dem ich rumhängen würde, wäre ein Vorturner und ich würde ihm nacheifern wie die Leute damals Adolf Hitler. Ich sei krank im Kopf und gehöre weggesperrt. Und die ganze Sippe gleich mit.
Er hatte sich wieder mal vorbereitet auf das Gespräch mit mir, wenn man es denn so nennen konnte, und Katharina war wohl eine Art Generalprobe gewesen. Er hatte an ihr

ausgetestet, welche Wirkung seine Worte hatten. Ich konnte ihn einfach nicht mehr ernst nehmen.

Ich war frei, endlich. Ich meldete mich beim Arbeitsamt, besuchte ein Seminar für Existenzgründung und machte mich mit meiner Tierheilpraxis selbstständig.
Und fuhr jeden Dienstag und Donnerstag zum Meditieren.
Ich fieberte den Umarmungen an den Donnerstagen entgegen und mit Herzklopfen erwartete ich den Dienstag, wenn David und ich gemeinsam nach Hagen in seinen Zen Kreis fuhren.
Irgendwann küsste er mich zum ersten Mal, intensiv und unglaublich zärtlich. Das kannte ich bis dahin nicht, ich kannte ja nur Hugo, und Küssen stand bei ihm nicht auf der Tagesordnung. Kein Wunder also, dass ich David mit Haut und Haaren verfallen war. Aber es war viel mehr als das, es war eine Harmonie und Vertrautheit zwischen uns, die einfach unglaublich war. Wir waren einfach im Gleichklang, unsere Herzen schlugen irgendwie im gleichen Takt.

Meine Sehnsucht nach ihm zerfraß mich, ich dachte ständig an ihn und wollte mit ihm zusammen sein. Abends schrieb ich Gedichte, die ich ihm nie zeigte, aber die sich um ihn drehten und um meinen Herzschmerz.
Er würde seine Frau nicht verlassen wegen der Kinder, hatte er mal gesagt. Und dass er seine Frau als Mutter seiner Kinder sehr respektiere. Ich wusste aber auch, dass sie ihn oft vor die Tür setzte und er dann bei einem Kumpel übernachtete. Sein Bettzeug hatte er regelmäßig im Kofferraum.
Wir waren uns sehr sehr nahe, machten aber nie den letzten Schritt.

Am 14.01.2006 trafen wir uns das erste Mal allein außerhalb der Meditationen.
Wir hatten uns zu einem Strandspaziergang verabredet. Ich weiß dieses Datum noch so genau, weil David einen besonders schönen kleinen Stein suchte, den er mir gab. „Eine Erinnerung an unser erstes Date, Anna", hatte er gesagt.
Wir trafen uns noch einige Male, gingen Hand in Hand und genossen die Zweisamkeit. Manchmal sprachen wir lange Zeit gar nicht miteinander, und diese Stille zwischen uns war wunderschön. Wir waren einfach in den Augenblick versunken.
 Nach zwei Jahren hielt ich es nicht mehr aus, ich schrieb ihm einen Brief, den ich einer kleinen Weihnachtstüte beilegte und bat Meike, mit der ich noch immer gemeinsam bei ihm meditierte, David die Tüte zu übergeben. Ich schrieb ihm, dass ich nicht mehr kommen würde, dass ich ihn zu sehr liebte und die Situation nicht mehr aushielt.
Ich stellte mein Handy an diesem Abend aus und hoffte insgeheim, dass er nach der Meditation zu mir kommen würde. Ich wartete die halbe Nacht, doch er kam nicht.

Es tat weh, sehr weh, aber ich blieb an den folgenden Dienstagen und Donnerstagen zuhause.
Weihnachten kam, Silvester kam und damit auch ein neues Jahr. Das Neujahrssitzen Anfang Januar stand in Hagen an. Ich hatte mich schon lange vorher dafür angemeldet und freute mich darauf. Es sollte um 18:00 Uhr beginnen und morgens um 8:00 Uhr enden. Eine ganze Nacht hindurch meditieren.

Ich war pünktlich dort und brauchte mich gar nicht erst umzusehen. Ich war plötzlich von solch einer Wärme durchflutet, dass ich sofort wusste, David ist hier. Es war unglaublich, ich spürte diesen Mann schon lange bevor ich ihn sah.

Er hatte in dieser Nacht die Leitung der Meditation übernommen und es wurde wunderschön. Er strahlte eine Ruhe und Wärme aus, alles um ihn herum war friedlich. Auch ich war friedlich, ruhig, entspannt und genoss jede Sekunde.

In einer der kurzen Pausen kam er auf mich zu, ob alles in Ordnung wäre, wollte er wissen, und meinte, dass ich an den Donnerstagen sehr vermisst werde. Auch von ihm. Er würde sich sehr freuen, wenn ich wieder dabei wäre.

Und so machte ich bald dort weiter, wo ich vor ein paar Wochen aufgehört hatte.

Aber ich ging nicht gleich wieder zu ihm rein, ich blieb auf meinem Kissen sitzen, wenn ich an der Reihe war, zu ihm in den Nebenraum zu gehen. Ich nahm mir auch fest vor, diesen Raum nie wieder zu betreten.

Irgendwann kam er dann zu mir in die Küche, als ich die Teetassen abwusch, und wollte wissen warum ich nicht mehr zu ihm reinkomme.

Ich ging dann doch wieder zu ihm rein und fuhr bald darauf auch wieder gemeinsam mit ihm nach Hagen. Dahin waren alle meine Vorsätze.

Das nächste Sesshin stand an, Meditation von Freitag Abend bis Sonntag Mittag. Ich wollte unbedingt dabei sein. Und David hatte wieder die Aufsicht übernommen. Es würde ein super schönes Sesshin werden.

Als ich Freitag am späten Nachmittag meine Sachen zusammengepackt hatte, sagte ein Gefühl in mir, dass ich unbedingt ausreichend Taschentücher und Hustenbonbons einstecken sollte. Ich hatte mir angewöhnt, auf mein Bauchgefühl zu hören.

David hatte eine dicke Erkältung und steckte sich mehrere Küchentücher in seinen Umhang, bevor er seinen Platz in der Halle einnahm. In der ersten Pause legte ich ihm heimlich eine Packung Taschentücher, die ich geöffnet hatte um ein Rascheln zu vermeiden, wenn er eines herausholte und einige Hustenbonbons an seinen Platz.
Als wir alle zur nächsten Runde wieder Platz genommen hatten, lächelte er mir zu. Natürlich wusste er sofort, wer es hingelegt hatte.
Ich füllte in jeder Pause die Hustenbonbons und Taschentücher wieder neu auf. Ich wollte für ihn da sein, ihm zeigen, wie wertvoll er für mich war.
David ermahnte mich irgendwann mal, weil er den Eindruck hatte, dass ich mir selbst nicht wertvoll genug war. Daran sollten wir unbedingt arbeiten, meinte er. Ich verstand es damals nicht wirklich, ich wollte ihm doch eigentlich nur zeigen, dass er mir sehr viel bedeutete.
Dass mein Selbstwertgefühl total im Eimer war, gestand ich mir nicht ein.
Das Sesshin wurde wunderschön, es hätte für mich ewig andauern können. Ich war glücklich, was natürlich auch an David lag, und entspannt wie schon lange nicht mehr.

Es folgten noch viele andere Sesshins mit ihm und manchmal wünschte ich mir, dass er dort in der Halle auch übernachten würde. Das tat er aber nie, er fuhr jeden Abend nach Hause. Meist schlief ich allein in der großen Halle, der Weg war mir zu weit, und mein Portemonnaie war nicht so gut gefüllt, um ständig die Tankstelle aufsuchen zu können.

Ich hoffte, dass er mal den ersten Schritt machen würde, träumte ich doch schon so lange davon, in seinen Armen zu liegen. Gleichzeitig hatte ich aber eine riesige Angst davor. Zwischen uns war eine solche intensive Energie, dass ich befürchtete zu explodieren.

Einmal saßen wir uns in Hagen gegenüber, die Energie zwischen uns hätte man schneiden können. Ich hatte zwischenzeitlich Angst, in Ekstase zu geraten, nur durch die Energie die wir miteinander austauschten.

Auf dem Weg nach Hause meinte David, ich hätte ihn ganz schön „angegiert". Wir neckten uns damit, obwohl wir eigentlich wohl beide etwas ganz anderes lieber getan hätten. Aber einer von uns beiden zog immer rechtzeitig die Bremse. Vermutlich hätte ich es auch nicht ertragen, wenn er danach zu seiner Frau gefahren wäre. Es war ihr Mann, der Vater ihrer Kinder. Umgekehrt hätte ich es auch nicht gewollt.

Trotzdem hoffte ich mal mit ihm alleine in unseren Meditationsräumen zu sein. Ich malte mir aus, wie es sein würde und dass es dann vermutlich doch kein Halten mehr geben würde.

Als es dann tatsächlich einmal dazu kam, dass wir alleine waren, geschah nichts. Ich hatte Angst vor mir selbst. Es war so viel Energie zwischen uns und es hätte vielleicht nur einer kleinen Geste von mir bedurft, aber ich blieb brav auf meinem Kissen sitzen und rührte David nicht an. Ich hätte mich später selbst dafür ohrfeigen können.

Eines Morgens, ich schlief nicht mehr wirklich, war aber auch noch nicht ganz wach, sah ich vor meinem inneren Auge einen jungen Mann an meinem Bettende sitzen. Er war groß, hatte dunkle Haare und braune Augen. Ich fragte ihn wer er sei und er sagte mir, er wäre mein Sohn. Es wird Zeit, meinte er.

Ich sprach mit Meike darüber, sie war sehr gut bewandert in solchen Dingen und sie war Astrologin. Ich hatte keine Ahnung, von wem mein Sohn sein sollte, aber Meike meinte, wenn ich noch einen Sohn bekommen solle, dann wird der Vater dazu schon noch kommen.

Wenige Wochen später stand David dann plötzlich vor meiner Tür. Mein Herz überschlug sich fast, als er schnurstracks in mein Schlafzimmer ging. „So so, hier schläfst du also, meinte er und grinste." Meine Antwort war zu blöd: „ Ja, und für Männer ist dieses Zimmer tabu." Du nimmst keine Verhütungsmittel und Kondome hast du auch keine im Haus, schoss es mir in den Sinn. Du wirst schwanger und das geht so gar nicht.
Davon sagte ich David natürlich nichts, ich machte uns einen Kaffee und er machte keine Anstalten mir irgendwie näher zu kommen. Ich hatte ihm eine deutliche Abfuhr verpasst. Da hatte ich endlich die Chance, auf die ich so lange gewartet hatte und hatte sie wieder vertan.

So ging es vier Jahre. Zwischendurch hielt ich den Zustand nicht mehr aus, fuhr weder nach Hagen noch zu unserem Zenkreis. Ich wartete ständig auf seinen Anruf, hoffte, dass er mich wieder besuchen würde, aber er kam nicht mehr und er rief auch nicht mehr an.

Ich manövrierte mich ständig in meine eigene Hölle, von Sehnsucht zerfressen um an den Tagen, an denen wir uns sahen wieder auf Wolke sieben zu schweben.

Irgendwann hatte David dann die Nase voll, er gab mir nach dem Meditationstreffen zu verstehen, dass er dieses Spielchen, wie er es nannte, nicht mehr mitmachen wollte. Das war kurz vor Weihnachten.

Ich fuhr nicht mehr hin, seine Ansage war deutlich genug gewesen. Ich weinte mich bei meiner Tochter aus. Ich hätte sowieso etwas besseres verdient, meinte sie. Es half mir nicht, ich fühlte mich elendig und hatte doch selber Schuld daran.

Ich ließ mich in unserem Zenkreis nicht mehr blicken, fuhr aber einige Wochen später noch einmal hin und wartete nebenan auf dem Parkplatz. David hatte mir einmal eine Kette geschenkt und einen sehr lieben Brief geschrieben. Das wollte ich ihm jetzt zurückgeben.

Ich wartete, bis ich sein Auto kommen sah. Aber er kam nicht allein. Neben ihm stieg eine blonde Frau mit langen Beinen aus. Ich kannte sie aus Hagen. Sie war vor einigen Wochen mal nach Hagen gekommen. Als sie den Raum betrat und ihn begrüßte, bekam David rote Ohren. Und in mir stieg die Eifersucht hoch. Sie saßen während der Meditation in Hagen nebeneinander und wirkten sehr vertraut. Ich saß gegenüber und versuchte meine Eifersucht zu bändigen.

Am Donnerstag danach ging ich zu David rein und erzählte ihm von der Eifersuchtswelle, die mich in Hagen so überschwemmt hatte. Er wollte wissen, warum. Sie war blond, sie hatte diese langen Beine und sie war sehr hübsch. Er lachte mich aus. Karin war eine Arbeitskollegin von ihm, sie arbeiteten regelmäßig zusammen, und dass sie hübsch war, sei ihm noch gar nicht aufgefallen. Er wollte das nächste Mal genauer hinschauen, meinte er.
Meine Eifersucht blieb, und wie ich jetzt sah, nicht ohne Grund. Ich wusste sofort, dass sie ihm das gegeben hatte, was ich nicht konnte.

Ich klemmte ihm die kleine Tüte mit der Kette und dem Brief an den Scheibenwischer und fuhr heulend nach Hause.

Hagen blieb ich weiterhin treu und wechselte mich inzwischen mit Arne, einem guten Freund von David mit dem Fahren ab. Arne war ein lieber Kerl, und Katharina sagte oft, dass sie nicht verstehen würde, warum ich Arne keine Chance gab. Aber Arne war ein Freund von David und viel zu lieb für mich. Außerdem war er verheiratet, wenn auch nicht besonders glücklich.

Wir nahmen gemeinsam an den Sesshins teil und übernachteten dort auch gemeinsam. Es wurde dort schon häufiger eingebrochen und Arne hatte arge Bedenken mich dort alleine übernachten zu lassen. Er war wirklich ein lieber Kerl. Es tat gut, dass sich jemand um mich sorgte.

Als ich noch mit Hugo zusammen war, schlugen die Hunde draußen, sie schliefen im Pferdestall, öfter in der Nacht an. Hugo schickte dann mich raus um nachzusehen. Wenn ich nicht in 15 Minuten wieder im Haus sei, würde er die Polizei anrufen, meinte er. Auf meine Frage, warum er nicht selbst nachsehen ginge, meinte er, dass er ja das Geld verdienen müsse. Wenn er etwas über den Schädel bekäme, wäre das ziemlich übel. Ich verdiene kein Geld, da wäre es nicht so schlimm, und sie würden mich ja wohl nicht gleich umbringen.

Ich ging dann raus über den dunklen Hof und schaute nach. Meist waren es Rehe, die am Hof liefen.

Arne hätte mich vermutlich nicht vor die Tür geschickt. Es war schön, Arne an meiner Seite zu wissen, wenn auch nur geborgt für diese Tage. Wir schliefen gemeinsam in der großen Halle, Arne immer nahe an meiner Matte, frühstückten zusammen und führten gute Gespräche in der Zeit, in der wir alleine waren. Ansonsten waren Unterhaltungen nicht gern gesehen, wir sollten unseren Geist ja zur Ruhe bringen.

Einmal fragte Arne mich, warum ich nicht mehr in unseren Zenkreis kommen würde.

Er war dazu gekommen, wenige Wochen bevor ich aufhörte. Du fehlst dort gewaltig Anna, meinte er. Ich

beichtete ihm, dass ich David lieben würde und ich diesen
Zustand nicht länger ertragen würde. Er wollte wissen, ob
David es wissen würde. Natürlich wusste er das, wir hatten
ja ganz offen darüber gesprochen. Das wir kein Verhältnis
miteinander hatten, erstaunte ihn dann doch. Er hatte David
anders eingeschätzt.

Arne kam dann öfter an den Wochenenden zu mir auf den
Hof, er war handwerklich sehr begabt und half mir in den
kommenden Wochen sehr viel.
Katharina schüttelte oft den Kopf, sie hatte Arne
inzwischen auch besser kennengelernt und konnte nicht
verstehen, dass ich Arne keine Chance gab. Sie hielt ihn für
einen ganz lieben Menschen und gut aussehen tat er auch.
Und er hatte die gleichen Interessen wie ich. Nicht nur die
Zenpraxis, Arne backte sein Brot selbst, meist brachte er
mir eine Hälfte mit, er kochte Marmelade ein, war
handwerklich begabt, liebte Tiere und die Natur. „Er würde
so gut zu dir passen Mama und er behandelt dich echt lieb,
meinte sie oft." „Ja, ich weiß."

Was Arne nicht verstehen konnte war, dass ich noch immer
meine Pferde auf dem Hof von Hugo hatte. Warum ich sie
nicht verkaufen würde um dann irgendwo neu anzufangen,
wollte er wissen. Ja warum?…. Ich hatte allen meinen
Tieren versprochen, dass wir zusammen bleiben würden.
Sie alle hatten mir die Jahre mit Hugo durch ihre Liebe und
Zuneigung erträglich gemacht. Ich würde sie niemals im
Stich lassen.
Und außerdem, wo sollte ich denn hin. Mein Geld reichte
so gerade eben, und was hatte ich schon zu bieten?
Arne überzeugte mich dann irgendwann auf dem Weg nach
Hagen, mal eine Familienaufstellung zu machen. Er war
sich sicher, dass es mir helfen würde, meinen eigenen Weg
zu finden.

Er hatte eine liebe Freundin in Papenburg, sie war Heilpraktikerin und machte Familienaufstellungen. Er war auch schon einige Male dort gewesen.

Die Aufstellung sollte Freitag gegen 18:00 Uhr beginnen, und am Sonntag gegen 12:00 Uhr wollten wir fertig sein. Sabine hatte mich einige Tage vorher zu einem Gespräch gebeten. Wir wollten klären, was genau ich aufstellen sollte und wollte.

Tja, ich wollte von meinem Ex los, aber ich konnte mich nicht wirklich aus seinen Fängen befreien.

Erst wenige Wochen vorher war er wieder auf dem Hof gewesen und es gab einen heftigen Streit. Er hatte inzwischen eine feste Freundin auf Sylt. Katharina hatte ihn darauf angesprochen, als ich ihr erzählte, dass ich ihn vor meinem inneren Auge gesehen hatte. Er war mit einer blonden Frau unterwegs auf irgendwelchen Dünen.

Manchmal hatte ich solche Bilder plötzlich vor meinem inneren Auge.

Der Vorgarten auf dem Hof war völlig verwahrlost, aber ich ignorierte das und kümmerte mich nur noch um meinen Bereich bei den Stallungen. Das Haus und der Vorgarten gingen mich nichts mehr an. Ich parkte auch mein Auto schon lange nicht mehr am Haus, sondern nahm die hintere Einfahrt.

Das wollte er mir an diesem Tag verbieten, ich würde den Grünstreifen kaputt fahren, meinte er. Das war einfach lächerlich.

Außerdem verlangte er, dass ich ab sofort den Garten vor dem Haus und den Hofplatz vorne wieder in Ordnung bringen sollte. Er wäre auch bereit mir zu helfen, wenn er die Zeit dafür finden würde. Ich musste lachen, und schlug ihm vor, doch seine Freundin mitzubringen, die ihm sicherlich gerne bei der Gartenarbeit helfen würde. Immerhin teilte sie ja auch das Bett mit ihm. Da wäre es doch nur fair, wenn er den Vorgarten gemeinsam mit ihr in Ordnung bringen würde. Erst war er völlig entsetzt über meinen Widerspruch, dann wurde er richtig wütend. Eigentlich war es auch nicht meine Art, so hart zu widersprechen, aber ich wollte ihm deutlich machen, dass ich dieses Spielchen nicht mitmachen wollte. Ich hatte mit dem Rest vom Hof genug zu tun, und etwas Geld musste ich ja schließlich auch noch verdienen. Als er ausfallend wurde, drehte ich mich um und ging. Diskutieren wollte ich nicht mit ihm.

Es war mir natürlich klar, dass er mit seiner Neuen nicht auf den Hof kommen konnte, um den Garten zu machen. Er würde sie ja nicht einmal ins Haus lassen können. Zudem hatte er ja auch ständig Angst, dass dort jemand durch die Fenster schauen könnte. Ich hatte eine blasse Ahnung davon, wie es im Inneren aussehen könnte. Aber das war nicht mehr mein Problem.

Ich erzählte Sabine kurz von meinem Problem mit Hugo, dann fragte sie nach meinen Geschwistern und nach meiner Mutter. Alles gut. Und dein Vater? Peng, ich begann wie auf Kommando an zu weinen und hörte die nächsten Minuten auch nicht wieder auf.

Ich denke es ist gut, zuerst deinen Vater aufzustellen. Ja vermutlich.

Er selbst war ohne Vater aufgewachsen, wurde die ersten Jahre seines Lebens in Pflegefamilien mehr schlecht als recht versorgt. Meine Oma und mein Opa waren nicht seine wirklichen Eltern, und ich weiß noch, dass er nie wirklich nett über seine Kindheit gesprochen hatte. Er hatte Kontakt zu seiner Mutter, aber sie hatte ihn sofort nach seiner Geburt weggegeben. Er hatte nie erfahren, wer sein Vater war und litt Zeit seines Lebens darunter.

Wir machten am Freitag zuerst eine Meditation und sollten schauen, wer uns da begegnet. Meine Oma tauchte dabei kurz auf und sagte, sie hätte sich an meinem Vater versündigt. Sie bat mich um Verzeihung. Damit konnte ich zu dem Zeitpunkt noch nichts anfangen.

Die ersten Aufstellungen begannen. Erst wurde das Thema genannt, um das es ging, und dann stellte die Person, die aufstellen wollte, die wildfremden Menschen, die sich hier versammelt hatten, in die Mitte des Kreises, den wir bildeten. Immer gerade so viele, wie gebraucht wurden. Ich hatte so etwas noch nie erlebt und fragte mich, was die da eigentlich machten. Es war wie in einem Theaterstück, aber unglaublich emotional. Ich bekam Angst und war nicht mehr sicher, ob ich überhaupt noch aufstellen wollte. Auf keinen Fall wollte ich dort vor den fremden Menschen in Tränen ausbrechen oder irgendwie ausfallend werden.

Am Samstag wollte Arne unbedingt mitkommen. Er war der Meinung das es gut wäre, wenn ich abends einen Fahrer hätte. So eine Aufstellung würde einen doch ganz schön mitnehmen.

Aber ich stellte auch am Samstag nicht auf. Sabine fragte einige Male nach, ob ich als nächstes aufstellen wollte, aber ich war noch nicht so weit.
Ich hatte am frühen Morgen wirr geträumt und erzählte Arne und auch Sabine davon.
Mein Opa war als junger Mann in der Heuernte. Ich wusste aus früheren Erzählungen, dass die Kinder kurz nach dem Krieg zu Bauern geschickt wurden. Die Kinder mussten sich dort ihr Essen verdienen, oft wurden die Geschwister dabei getrennt. So auch bei meinem Opa und seinen Schwestern. Er hatte zwei jüngere Schwestern, das wusste ich, sie wohnten nicht weit von uns entfernt. Jedenfalls war

mein Großvater jung und warf das trockene Gras auf das Holzgestell, wie man es früher machte. Seine jüngere Schwester war auch dabei, die Mutter meines Vaters. Plötzlich begannen die beiden sich zu necken, nicht wie Geschwister, eher wie Verliebte. Und dann lagen sie im Gras.... Ich wurde wach und hoffte, es wäre nur ein ganz schlechter Traum gewesen.

Arne war enttäuscht, am Sonntag konnte er mich nicht begleiten. Mir aber wäre es peinlich gewesen, vor Arne einen Weinanfall zu bekommen. Und das würde es vermutlich werden, ich hatte schon immer sehr nahe am Wasser gebaut.

Am Sonntag kurz vor Schluss fasste ich mir ein Herz und stellte auf.
Dietmar für meinen Vater, er erinnerte mich sehr an ihn.
Dann eine Person für meinen Opa, meine Oma, die Mutter meines Vaters, meine ältere Schwester, mit der ich mich nie besonders gut verstanden hatte, und für mich. Fremde Personen, die für meine Familie standen.
Ich saß erst einmal im Stuhlkreis und beobachtete nur.
Dietmar brach sofort zusammen und begann zu weinen, ich auch.
Es war ja die Energie meines Vaters die ihn weinen ließ. Wo sind meine Kinder, meine Familie, wand er sich unter Tränen. Wir waren 7 Kinder zuhause, mein Vater wollte immer eine große Familie, hatte er selbst doch nie eine gehabt.

Dann begannen mein Großvater und seine Schwester sich zu necken. Sie tickte ihn an, hey, was willst du eigentlich von mir?

Sie kamen sich bedrohlich nahe und ich schrie auf meinem Stuhl plötzlich auf und rauschte dazwischen. Ich schrie sie an das dürft ihr nicht, das ist Sünde und schlug mit Fäusten auf meinen Opa ein. Dabei schrie und weinte ich gleichzeitig. Ihr dürft das nicht, das ist Sünde. Sabine nahm mich und drehte mich zu Dietmar um. Dietmar, in der Rolle meines Vaters, nahm mich in den Arm und hielt mich fest. Wir weinten beide. Danach lag ich noch lange mit Dietmar draußen auf dem Rasen in seinem Arm, bis ich mich beruhigt hatte. Mein Großvater war damals schon mit meiner Oma verheiratet. Sie konnte keine Kinder bekommen, das hatte sie mir mal erzählt. Deswegen waren meine älteste Schwester und später auch ich, viel bei ihr gewesen. Mein Vater war ja auch bei ihr aufgewachsen, wenn auch nicht besonders glücklich. Dass er bei seinem angeblichen Onkel aufwuchs, wunderte niemanden, immerhin konnte er ja mit seiner Frau keine Kinder haben. Aber damals zeugte er während der Heuernte als sehr junger Mann mit seiner Schwester ein Kind. Meinen Vater.

Ich erzählte meiner Mutter erst einmal nichts davon. Sie wusste zwar von der Familienaufstellung, aber ich wollte ihr unter vier Augen erzählen, was dabei herausgekommen war.

Genau sieben Tage später rief sie mich am frühen Morgen an, und wollte wissen, ob mein Opa der Vater meines Vaters wäre. Sie war morgens wach geworden und hatte es plötzlich gewusst.
Kein Wunder also, dass immer neue Geschichten erfunden wurden, wer der Vater meines Vaters sein könnte. Meine Eltern löcherten ständig seine Mutter, aber sie wimmelte immer ab. Alte Geschichten soll man ruhen lassen, sagte sie immer.

Und mein Opa und meine Oma erfanden immer neue Väter. Mal war es ein Soldat, mal ein Bauer bei dem sie gearbeitet hatte, mal war sein Vater aus der Nachbarschaft, der verschollen war. Meinem Vater setzte es sehr zu, er litt darunter, dass in seiner Geburtsurkunde stand: Vater unbekannt.

Vielleicht war das auch der Grund für seinen frühen Tod. Er ging vor seinen Eltern, aber nicht einmal auf seinem Sterbebett vertrauten sie ihm an,wer wirklich sein Vater war.
Er war bei ihm aufgewachsen ohne es zu wissen. Sein Vater war die ganze Zeit bei ihm und doch so weit entfernt.

Am gleichen Tag gegen Nachmittag stand Hugo bei mir vor der Tür.
Wir hatten noch eine zweite Aufstellung für mich gemacht, in der ich Hugo sagen sollte, dass ich ihn verlasse und zwar endgültig. Erst konnte ich ihm nicht gegenüber stehen, ich bekam sofort wieder einen meiner Asthmaanfälle. Es musste erst eine andere Person für mich stehen und die Vorarbeit leisten. Erst dann konnte ich, mit Dietmar als meinen Vater hinter mir, vor den Stellvertreter von Hugo treten. Ich hielt mich an Dietmar fest, der seine Hände auf meine Schultern gelegt hatte, und sagte Hugo das ich ihn verlassen würde und ihn nie wieder sehen wolle.

Es war wohl auch bei ihm angekommen, jedenfalls war er sturzbetrunken, als er plötzlich hinter mir in meiner Wohnung stand.
Er wollte wissen, ob ich ihn wirklich verlassen wolle. Und wenn ja, dann sollte ich sofort verschwinden, auf der Stelle. Dabei kam er mir bedrohlich nahe, und ich bat ihn zu gehen. Er stank nach Alkohol, und in seinem Zustand machte es keinen Sinn mit ihm zu sprechen.

Er ging nicht, sondern kam näher und machte die Haustür hinter sich zu.

Ich hatte Angst, große Angst, denn in seinem Zustand war er unberechenbar.

Ich schrie ihn an, er solle gehen, und wurde immer hysterischer, je näher er kam. Ich schrie und schrie, er solle gehen, und er schrie zurück. Es war sein Haus und er würde erst gehen, wenn er es wolle. Es war als würde ich in der Falle sitzen, ich konnte nirgends weg. Der einzige Weg nach draußen war durch ihn versperrt.

Ich weiß nicht, wie lange es dauerte, mir kam es wie eine Ewigkeit vor. Ich war versucht nach dem Rosenquarzstein zu greifen, der in der Nähe stand und auf ihn einzuschlagen. Dann stand Kim plötzlich hinter ihm und zerrte ihn aus der Wohnung.

Meine Tochter hatte inzwischen ihren Traummann gefunden, und die beiden bewohnten jetzt gemeinsam die vordere Wohnung und hatten eine kleine Tochter bekommen. Sie war jetzt ein halbes Jahr alt. Keine Ahnung, warum ihr Kim an diesem Tag zuhause war, aber Katharina hatte mich schreien gehört und das Auto von ihrem Vater vor der Tür stehen sehen.

Sie schickte Kim rüber, der Hugo am Kragen packte und ihn aus meiner Wohnung beförderte. Dabei gerieten die beiden in Streit, weil Hugo der Meinung war, dass Kim das nichts anginge und er solle sich gefälligst da raus halten. Dass ich die Mutter der Frau war die er liebte, ließ Hugo nicht gelten.

Kim brachte Hugo zu seinem Auto und sorgte dafür, dass er fuhr. Ich weinte und zitterte am ganzen Körper, Katharina weinte, Kim weinte.

Ich musste gegen Abend wieder zum Hof, meine Tiere versorgen, und mir war klar, dass Hugo mich dort erwarten würde.

Katharina versprach, mich zu begleiten.

Als wir auf dem Hof ankamen, saß er im Auto, das Fenster herunter gekurbelt, die Rotweinflasche, sicher nicht die erste, in seiner Hand. Er pöbelte sofort los, als er sah, dass ich in Begleitung von Katharina war.

Sie versuchte mit ihm zu sprechen, er solle mich bitte in Ruhe lassen, aber er fuhr sie an sie solle sich da raus halten, ebenso wie ihr Mann. „Das geht nur mich und deine Mutter etwas an."

Als wir wieder zurück waren, verschloss ich meine Haustür hinter mir. Das tat ich ab jetzt immer, sobald ich in der Wohnung war.

Dann klingelte mein Festnetztelefon. Ich sah auf die Nummer, Hugo. Ich ging nicht ran. Kurz darauf klingelte mein Handy, wieder Hugo. So ging es über eine Stunde, Festnetz, Handy, Festnetz, Handy.

Ich dachte, er würde irgendwann mal aufgeben, aber das tat er nicht. Ich zog dann irgendwann den Stecker und machte mein Handy aus.

Am nächsten Vormittag hatte ich weder Festnetz noch Handy. Die Verträge liefen noch beide auf den Namen von Hugo, er konnte sie ja von der Steuer absetzen. Keine Ahnung, wie er das gedreht hatte, aber beide Leitungen blieben in den nächsten Tagen tot.

Ich meldete die Telefone daraufhin auf meinen Namen an.

Die wenigen Pensionspferde wechselten in einen anderen Stall. Zum Glück fanden die Frauen schnell neue Plätze für ihre Pferde. Dass ich den Hof nun möglichst schnell verlassen musste, lag auf der Hand.

Alleine betreten tat ich den Hof nicht mehr, ich sorgte immer dafür, dass noch eine weitere Person dort war. Auch wenn Hugo sich nicht mehr oft blicken ließ, ich hatte Angst, ihm allein zu begegnen.

Ich hing Zettel aus, suchte in den Zeitungen nach einer neuen und bezahlbaren Bleibe, gab Anzeigen auf, aber nichts.
Ich inserierte auch im Internet, aber es war schwierig. Ich hatte 2 Katzen, 2 Hunde, 1 Ziege, 4 Ponys und 1 Großpferd. Wir brauchten ausreichend Platz. Die Resonanz war groß, viele schrieben mich an und wünschten mir Glück, aber kein Angebot.
Dann meldete sich eine Johanna aus Anklam. Sie wollte eine Ponyfarm aufmachen. Sie würde mich gerne mal kennenlernen und natürlich auch meine Ponys.
Ich fuhr also nach Anklam und lernte Johanna kennen. Sie wohnte in einem tollen Haus direkt am Wald. Stallungen und Wiese waren direkt am Haus, also ideal. Sie erzählte von ihrem Vorhaben. Es war eine Urlaubsgegend, und sie wollte die Ponys an die Urlauber vermieten. Die würden mit ihren Kindern und den Ponys einen Ausritt durch den Wald machen können. Die Ponys sollten natürlich von den Eltern geführt werden.
Und Ferienkinder wollte sie aufnehmen, immer so viele wie Ponys da waren. Es hörte sich gut an. Meine Ponys waren den Umgang mit Kindern gewohnt und immer freundlich und ehrlich. Ich hatte ja selbst auch einige Kinder auf dem Hof gehabt, die auf ihnen geritten waren.
Johanna kam in der darauffolgenden Woche zu mir und lernte meine Ponys kennen. Ich hatte ihr von dem Stress mit meinem Ex erzählt und ihr gesagt, dass es schnell gehen müsse.
Das kam ihr gelegen, sie wollte die Sommerferien gleich mitnehmen und beginnen. Wir hatten noch 3 Wochen Zeit bis dahin.

Ich brauchte einen Transporter für die Pferde, das würde nicht billig werden, aber meine Mutter versprach, mir das notwendige Geld zu geben. Ich glaube sie war froh, dass ich endlich den Weg aus dieser Beziehung gehen wollte. Wir wollten morgens um sieben los. Ab halb acht konnte Hugo auftauchen, das hatte er schon öfter getan. Ich wollte fort sein, bevor er kam.

Der Transporter war um halb sieben da. Ein großer Viehtransporter, und ich betete, dass meine Pferde da überhaupt einsteigen würden. Ich hätte mir einen anderen Wagen gewünscht, aber jetzt gab es kein Zurück mehr. Die Ponys wollten natürlich nicht, ich musste mit meinem Großen vorweg. Der sollte eigentlich ganz am Ende stehen, aber der Fahrer ließ sich überzeugen, dass erst das Leittier in den Wagen müsse. Die anderen kamen dann auch brav hinterher.

Meine Ziege nahm meine Schwester in ihrem Kombi mit, die Hunde mussten zu mir in die Ente, ebenso die Katzen.

Meine paar Möbel hatten wir vorher schon bei Bekannten untergestellt, das Sattelzeug und Futter transportierte eine Freundin in ihrem PKW Anhänger.

Um kurz nach sieben waren wir auf dem Weg nach Anklam. Johanna wusste Bescheid, dass ich an dem Morgen kommen würde, dachte ich zumindest.

Wir kamen gut durch, auch wenn ich ständig betete, dass den Pferden in dem Wagen nichts passieren möge.

Als wir in Anklam auf den Hof fuhren, saß Johanna mit einer Flasche Rotwein am Gartentisch und telefonierte. Wir wollten die Pferde so schnell wie möglich vom Wagen holen, doch wohin? Johanna war wütend und giftete mich an, warum ich nicht angerufen hätte. Ich war verdutzt, wir hatten es doch besprochen. „Gar nichts haben wir", meinte sie und es wäre auch nichts vorbereitet. „Dann müssen die Viecher erstmal auf den Reitplatz, die Koppel muss erst sauber gemacht werden."

Der Reitplatz war in der prallen Sonne, es gab keinen Schatten dort. Wir luden die Pferde aus und brachten sie runter auf den Platz. In den Stall durften sie nicht, falls meine Ponys krank seien, war ihre Erklärung. Ihre Holsteiner Pferde standen dort in schmutzigen Boxen. Am liebsten wäre ich sofort wieder umgekehrt, zumal ihre Hündin sofort auf meine schoss und sie an der Kehle zu packen hatte. Ich ging dazwischen, meine Hündin stieg wieder ins Auto, sie wollte wieder nach Hause.

Mit Johanna war ich vom Regen in die Traufe gekommen, sie hing an der Flasche und den ganzen Tag am Handy. Ich blieb nur eine Woche, dann hielt ich es nicht mehr aus. Ihre Hündin griff ständig meine Hündin an, Johanna meinte es wäre normal. Ich bat sie einige Male, ihre Hündin zur Ordnung zu rufen, aber das sah sie gar nicht ein. Und sie sprach oft und schlecht über ihren Exfreund und auch über ihre Vermieter, die gleich nebenan wohnten. Sie schmierte ihnen Honig um den Bart, lud sie zum Essen ein, um mir anschließend zu sagen wie blöde diese Leute wären. „Du musst solchen Leuten nur etwas zu Fressen geben, Anna, und sie machen alles was du willst." Ich war auch gezwungen bei ihr zu essen, da ich ja noch bei ihr wohnte, und war mir sicher dass sie hinter meinem Rücken auch so über mich sprach.

Als meine Ponys morgens durch den Zaun gingen, die Koppeln hatte ich inzwischen alle abgesammelt vom Mist ihrer Pferde, eskalierte die Situation. Am Abend vorher hatte ich Johanna gebeten, für Strom im Zaun zu sorgen, weil meine Ponys sonst durch den Zaun gehen würden. Es gab Streit deswegen, weil ich mich darum nicht zu kümmern hätte. Bei ihr wäre noch nie ein Pferd durch den Zaun gegangen.

Morgens liefen meine dann zwischen ihren, und sie war mächtig sauer deswegen.
Ich holte meine Ponys wieder auf ihr Koppelstück zurück und sie machte mir am Zaun eine riesige Szene, wegen meiner bescheuerten Gäule, wie sie sie nannte.
Mein Großpferd, Unikum, stand neben mir am Zaun und hörte scheinbar zu.
Aus dem Augenwinkel sah ich, dass er stieg und rief noch: „Nein Unikum!" Dann war er mit einem Satz über den Zaun und warf Johanna zu Boden.

Als sie aufstand, war sie wutentbrannt, dieser Gaul gehörte für sie zum Schlachter. Unikum stand neben mir, er war schon immer mein Beschützer. Ich streichelte ihn und machte das Tor auf, damit er wieder zu den anderen konnte.

Johanna hing sofort am Handy, rief Gott und die Welt an, und alle bestätigten ihr, dass dieses Pferd unberechenbar wäre und zum Schlachter gehöre.
Er sollte sofort vom Hof verschwinden, sie hatte schon im nahe gelegenen Reitstall angerufen, die hätten eine Box frei.
Unikum blieb, ich trennte ihn nicht von seiner kleinen Herde und auch nicht von mir. Er ließ sich eh von anderen Menschen nicht anfassen.
Ich schrieb meiner Schwester, teilte ihr alle Telefonnummern von Freunden von mir mit, und Silka organisierte eine Abholaktion.
Zwei Tage später rollten mehrere Pkw mit Anhänger auf den Hof, wir luden unter dem Gezeter von Johanna alles Hab und Gut wieder ein und verließen ihren Hof.

Spät am Abend waren wir in Friedland angekommen, meine Schwester wohnte dort und hatte eine Koppel für die Pferde.

Wir luden sie von den Anhängern und meine Pferde waren wieder glücklich. Sie hatten ebenso gelitten wie ich. Ich zog bei meiner Schwester ein, ihre Tochter hatte mir ihr Zimmer zur Verfügung gestellt und schlief bei ihrem Bruder. Meine Katzen kamen mit ins Zimmer und durften am 2. Tag durch das Fenster auch endlich wieder ins Freie. Bei Johanna waren sie in der Garage eingesperrt, ich hatte Angst das ihr Hund sie zerfleischen würde. Meine Ziege Ida bekam einen Platz im Gartenhaus.

Zum Glück vertrugen sich alle Tiere, Silka hatte ja selbst einen Hund und eine Katze. Aber es gab keine Probleme. Ida durfte wieder frei laufen, bei Johanna musste sie angebunden sein, damit sie nicht alles vollscheißt, wie Johanna sagte. Sie lief ja schließlich viel barfuß und hatte keine Lust, in Ziegenscheiße zu treten.

Lange konnten wir aber nicht bleiben, spätestens, wenn es Herbst werden würde, mussten wir eine Unterkunft gefunden haben. Die Pferde brauchten einen Stall und die Enge bei meiner Schwester würde auch irgendwann an die Substanz gehen.
In der Nähe war ein Supermarkt, dort wurde eine Reinigungskraft gesucht. Ich stellte mich vor und bekam den Job. Jeden morgen von 6.00 bis 8:00 Uhr. Immerhin etwas.

Wir fragten bei einer Bekannten von Silka im Nachbardorf, ob sie etwas wisse für mich. Silka, und später auch ich, holten bei Hannah immer Heu und Stroh.
Ich solle mal oben auf dem Trakehnerhof nachfragen. Der wäre an einen Polen verkauft worden und würde seit einigen Wochen leerstehen.
Wir fuhren hoch zum Hof und schauten ihn uns an. Es sah gruselig aus dort, finster und irgendwie unheimlich. Aber

ich hatte keine Wahl, meine Pferde brauchten einen Stall und ich ein eigenes Dach über dem Kopf. Die Frage war nur, wie wir an die Telefonnummer von diesem Polen kommen sollten.

Hannah meinte, wir sollten es bei den Bauern ihr gegenüber versuchen, die würden für ihn das Land bearbeiten und hätten ganz sicher seine Nummer.
Sie machten uns zwar die Tür auf, wir stellten uns vor und erklärten ganz brav unser Anliegen, aber eine Telefonnummer bekamen wir nicht.
Später ging das Gerücht um, auf dem Trakehnerhof wäre ein lesbisches Paar eingezogen.

Ich bekam die Telefonnummer einige Tage später, weil Hannah mir sagen konnte, wo der Vorbesitzer wohnte und wie er hieß. Von ihm bekam ich Ole´s Telefonnummer endlich.

Ich rief also gegen Abend die Nummer an. Er klang sehr sympathisch und ich fragte ihn direkt heraus, ob er mir einen Teil den Hofes über Winter vermieten würde, weil ich in einer Notlage wäre.
Nein war seine Antwort, er vermietet nicht. Ich redete einfach weiter, dass ich von Zuhause weggelaufen wäre, Pferde und Hunde und eine Ziege hätte, und wir jetzt plötzlich kein Dach über dem Kopf hätten. Und es wäre nur über Winter, aber dann hätte ich Zeit genug um mir in Ruhe etwas suchen zu können.
Er sagte mir dann, dass er in der kommenden Woche am Dienstag auf dem Hof sein würde und ich am Mittag kommen sollte. Puh.

Am Dienstag fuhr ich hin, aber der Hof war leer, keine Menschenseele zu sehen. Ich rief ihn wieder an, er erzählte, dass er im Hospital war und er doch erst in der Woche darauf kommen würde. Und er hätte noch einmal darüber nachgedacht, er wolle nicht vermieten.

Ich bat ihn trotzdem um ein Treffen und er willigte ein. Eine Woche später trafen wir uns dann tatsächlich. Er war mit einigen Arbeitern auf dem Hof und saß selbst in einem kleinen Bagger. Ich fragte nach Ole, und einer seiner Männer zeigte auf ihn. Ich war beeindruckt, man hatte mir erzählt, dass der Ole ein Millionär aus Polen sei. Nun saß dieser Millionär schmutzig in einem Bagger und war am Arbeiten.

Er bat mich ins Haus und zeigte mir alles, auch die Stallungen. Dort war noch gut ein Meter Mist in sämtlichen Boxen vom Vorbesitzer. Die Wohnung war milde ausgedrückt ein Saustall. Herr Petersen war erst vor kurzem ausgezogen und hatte das Haus in einem üblen Zustand hinterlassen.

Ole fragte, was ich an Miete zahlen wolle. Ich hatte ein festes Gehalt von 360,- Euro, das könnte ich zahlen, antwortet ich und erwartete eigentlich eine Abfuhr.

Ole sagte nur „gut" und dass er darüber nachdenken würde. Ich solle am nächsten Tag wiederkommen.

Am nächsten Mittag war ich wieder dort und klingelte, da niemand draußen zu sehen war. Es machte keiner auf. Ich klingelte nochmal und nochmal. Ich wurde wütend und ging um das Haus herum. Ole saß mit einem seiner Arbeiter am Küchentisch und trank Kaffee. Ich klopfte an die Scheibe. Früher hätte ich mich das niemals getraut, aber ich war jetzt in einer Notlage.

Ole lachte und deutete Richtung Haustür. Er machte auf und bat mich in die Küche. Er hätte die Klingel zwar gehört, aber nicht registriert, entschuldigte er sich. Dann sprach er einige Worte zu seinem Arbeiter, der grinste und nickte. Ich setze mich, Ole bot mir einen Kaffee an, aber ich lehnte ab. Er klopfte mit seinen Fingern auf den Tisch, er

war nervös. Zwischen uns war eine merkwürdige Energie zu spüren.
Als er seinen Kaffee getrunken und sein Brot gegessen hatte, besprachen wir, wie es laufen sollte.
Ich könnte die unteren Zimmer haben, Küche und Bad müssten wir uns aber teilen. Er sah Probleme damit, schließlich wäre er öfter mit einigen Männern auf dem Hof, weil sie einige Arbeiten zu erledigen hätten. Das wäre sicher für mich als Frau unangenehm. Ich versicherte ihm, dass ich mich in meine Zimmer zurückziehen würde, wenn es mir unangenehm werden würde.

Ich sollte in der nächsten Woche wiederkommen.

Aber es verstrich Woche um Woche, und ich hatte noch immer keine feste Zusage.
In der Zeitung gab ich eine Annonce auf. Ich wollte mich auf Ole nicht verlassen, es war mir zu viel Hin und Her.
Ich bekam tatsächlich einen Anruf und fuhr mit Silka hin. Alleine hätte ich den Ort niemals gefunden. Die Koppel, die für die Pferde vorgesehen war, stellte sich als ein Gemeinschaftsrasen heraus, den die Mieter sich teilten, aber vielleicht könnten die Pferde nebenan beim Bauern zwischen den Kühen laufen. Die Pferde könnten in die geräumige Garage, ich müsste nur den Boden versiegeln, meinte der Vermieter. Die Wohnung war relativ klein und eine recht steile Treppe führte dort hoch. Als ich meinte, dass ich Sorge hätte, dass mein Hund die Treppe nicht laufen könnte, wurde mir erklärt, dass die Hunde auch im Haus nicht erlaubt wären und einen Zwinger neben der Garage haben müssten. Ich war mehr als wütend, hatte ich doch in meiner Anzeige ganz eindeutig die Pferde und die Hunde erwähnt.

Als ich wieder Zuhause war, rief ich in meiner Wut Ole an.
Ich warf ihm an den Kopf, dass ich mich auf ihn verlassen
hätte, dass der Herbst jetzt vor der Tür stünde, immerhin
waren inzwischen ganze 9 Wochen vergangen, meine
Pferde keinen Stall hätten, und wenn sie ausbrechen, nicht
einmal wüssten wohin, weil sie fremd in der Gegend wären.
Ich redete mich regelrecht in Rage und am anderen Ende
war es still. Als ich fertig war, sagte er mir, dass er in der
nächsten Woche einen Termin in Friedland hätte, und dann
könnten wir noch einmal sprechen. Er war selbst
Pferdezüchter, verstand also meine Sorge.

Der Stall war zugänglich, und er erlaubte mir die Pferde
schon dort unterzubringen. Er hätte es nur noch nicht
geschafft den Mist zu entfernen. Keine Sorge, das mache
ich, danke. Die erste Hürde war geschafft.

Ich fuhr morgens sofort nach der Arbeit zu meiner
Schwester, holte die Hunde und fuhr dann zum Hof und
begann zu misten.
Es war hart, aber ich wollte unbedingt so schnell wie
möglich meine Pferde in den Stall holen.
Nach einer Woche war der Mist raus, ich bekam
zwischendurch Besuch von den Kindern, die auf dem Hof
schräg gegenüber wohnten. Sie erzählten mir von Ole, er
wäre ganz reich, ein richtiger Millionär. Und auch von dem
Vorbesitzer Herrn Petersen, vor dem sie Angst hatten, weil
er böse war. Er hätte auch die Pferde misshandelt und kaum
Futter gegeben. Alle hatten vor ihm Angst.
Die Energie im Stall fühlte sich wirklich nicht gut an, ich
rezitierte ständig Mantras, um die Energie zu reinigen.

Ich entfernte die Zwischenwände der Boxen, sie waren mir
einfach zu klein und die Stallgasse viel zu eng. So hatte ich
2 große Laufboxen und es gab auf jeder Seite eine Tür nach

draußen. Ole hatte auf der Wiese Rundballen Stroh liegen, davon rollte ich mit Silka zwei Ballen in den Stall, und wir streuten die Boxen ein. Ich würde sie ihm bezahlen, sobald er das nächste Mal kommen würde.

Am Wochenende führten wir die Pferde dann endlich rüber in ihr neues Zuhause.
Wir gingen die 10 km mit den Pferden an der Hand zu Fuß und marschierten querfeldein durch kleine Dörfer, Wiesen und Wald. Sogar Hannah half mit und nahm ein Pony an die Hand. Und sie waren alle super lieb auf dem Weg in ihr neues Domizil.
Ida, meine Ziege, blieb noch bei Silka, ich wollte sie nicht alleine lassen. Aber die Pferde waren nun nachts jedenfalls im Stall und morgens nach der Arbeit ließ ich sie dort auf die Koppel.

Ole kam dann tatsächlich in der folgenden Woche am Vormittag. Ich hatte den Hof gefegt und sauber gemacht. Er hatte einen Teil des Stalles an die Jäger vermietet, die dafür den Hof etwas in Ordnung halten sollten. Sie hatten die Hecke geschnitten, aber alles an Schnittgut liegen gelassen. Das war jetzt alles in Ordnung, ich wollte Ole zeigen, dass ich zuverlässig war.
Er war in Begleitung seiner Frau, wie ich dachte, ich fand sie auf Anhieb sympathisch. Ole war beeindruckt, weil der Hof so sauber war. Ich beichtete ihm dann, dass ich mir zwei seiner Rundballen Stroh genommen hätte, dass ich sie aber bezahlen würde. Und dass ich den Stall umgebaut hätte, weil es für mich so besser wäre.
Er ging mit Edith, so hieß seine Begleitung, in den Stall. Ich hoffte, dass es kein Donnerwetter geben würde, ich hätte vorher fragen sollen.

Ole und Edith kamen kurz danach aus dem Stall und waren zu meiner Erleichterung total begeistert. „Der Stall ist super schön Anna."
Er hatte also meinen Namen behalten. Und das Stroh bräuchte ich nicht bezahlen. Er würde es nicht brauchen, und ich dürfe das gerne nehmen.
Nun blieb nur noch die Frage mit der Wohnung. Ole wollte mir keinen Schlüssel geben. Er wollte erst mit seinem Anwalt einen Mietvertrag aufsetzten. Ich versicherte ihm, dass wir das ja später immer noch machen könnten, nur würde ich gerne schon beginnen und sauber machen, bevor ich meine Möbel da rein stelle. Edith überzeugte ihn dann, mir den Schlüssel zu geben.

Als sie wieder fuhren, hatte ich den Schlüssel in der Hand, holte mir von Silka Putzeimer und Tücher, nahm Hunde, Katzen und meine Ziege mit und begann mit dem Saubermachen. Die Tapeten zog ich einfach von der Wand und strich sie an. Ich wollte frische Farben.
Dort wo die Tapete noch in Ordnung war, ließ ich sie dran und strich sie nur in frischen dezenten Farben über.
Das Wohn- und Arbeitszimmer in Orange, Flur und Küche in Lindgrün, und mein Schlafzimmer in einem zarten Blau.
Die Fensterbänke waren voller toter Brummer und überall war Fliegendreck, aber es machte Spaß.
Als Ole nach knapp drei Wochen mit Edith wieder auf den Hof kam, waren sie total erstaunt. Edith meinte, das Haus sähe selbst von außen ganz anders aus, und innen fühle es sich wunderschön an.

Ole machte dann tatsächlich einen Termin bei seinem Anwalt. Wir fuhren gemeinsam an einem Nachmittag in die Kanzlei. „Sie sind also die Frau mit der grünen Ente", begrüßte mich sein Anwalt. Ich schaute Ole an und der lachte. Er hatte seinem Anwalt von mir erzählt. Der

Mietvertrag sah vor, dass ich von September bis zum März des darauffolgenden Jahres die untere Etage und die Stallungen mieten konnte. Danach sollte ich wieder ausziehen. Das war ok für mich, so hatte ich Zeit, über Winter eine neue Bleibe zu suchen.

Am Abend lud Ole mich zum Essen ein, er kannte in Friedland sämtliche Restaurants und suchte ein nettes Lokal für uns aus. Die Zeit nutzte er, um mich auszufragen, und er wollte viel wissen.
Ich beantwortete ihm all seine Fragen, woher ich käme, ob ich Kinder hätte, warum ich von Zuhause weg sei usw.
Aber ich fragte ihn auch, warum er mich so lange warten ließ und mir den Schlüssel nicht geben wollte.
Ole hatte schlechte Erfahrung mit den Bauern gemacht, die sein Land bearbeitet hatten. Deshalb hatte ich wohl damals auch die Telefonnummer von ihnen nicht bekommen. Er hatte Angst, dass ich mit ihnen unter einer Decke stecken könnte, und sie sich so einen Zugang zu seinem Haus verschaffen würden. Ich musste lachen, nein ganz sicher nicht.
Es wurde ein sehr netter Abend, wir hatten sofort einen sehr guten Draht zueinander. Ich fühlte mich wohl in seiner Gegenwart.

Zwischendurch fuhr ich wieder in den Zenkreis nach Hagen, ich hatte mich dort abgemeldet, weil ich von Anklam den weiten Weg niemals hätte fahren können. Nun von Friedland aus war es kein Problem. Ich freute mich darauf, wieder ab und an dort sein zu können.
David traf ich in der ersten Zeit dort nicht an. Er war in den Sport gegangen und trainierte viel.

Als ich ihn das erste Mal wiedersah, war fast ein Jahr vergangen. Er stand im Vorraum zur Halle, als ich ankam.

Mein Herz pochte wieder wie wild, ich ging erst einmal an ihm vorbei und legte meine Sachen ab. Ich musste mich sammeln. Merkwürdig, aber ich hatte das Gefühl, es versetzte ihm einen Stich. Dann drehte ich mich zu ihm, strich ihm über den Rücken: „Schön dich zu sehen David." Er sah mich an: „Ich freue mich auch." Ich hätte mich überhaupt nicht verändert, sähe noch immer aus wie damals. „Deine Haare trägst du auch noch so", meinte er. Tja, nur bei der Farbe musste ich inzwischen etwas nachhelfen, vermutlich strahlte ich ihn schon wieder an wie ein Honigkuchenpferd.

Wir gingen dann gemeinsam in die Halle, setzten uns nebeneinander und versanken in tiefer Meditation.

Es gab keine Anna mehr, es gab nur noch eine unglaubliche Energie voller Wärme und Frieden.

Ich wollte, dass es immer so blieb, ich wollte dieses Gefühl ständig erleben dürfen. Ich wollte mein Leben mit diesem Mann teilen. Wir könnten ein eigenes Buddhistisches Kloster aufmachen, ich würde ihm assistieren und…….

Meine Wünsche gingen auf dem Weg nach Hause wieder mit mir durch. David hatte früher schon oft zu mir gesagt, ich solle meine Gier loslassen. Aus der Gier nach Etwas entsteht nur Leid. Da war sie wieder meine Gier, meine Gier nach mehr….

Weihnachten rückte näher. Ole, mit dem mich inzwischen eine tiefe Freundschaft verband, bot mir an, einen Weihnachtsbaum aus seinem Wald mitzubringen, wenn er das nächste Mal kommen würde.

Katharina hatte sich über die Weihnachtstage mit Mann und Kind bei mir angemeldet. Ich freute mich darauf. Wir waren es nicht gewohnt, getrennt zu sein und sie nun wieder bei mir zu haben, wenn auch nur für ein paar Tage, machte mich glücklich.

Ich weiß noch, als sie das erste Mal auf Klassenfahrt war. Ich hatte sie vorher gebeten ihre Schuhe, die überall herumlagen, in ihr Zimmer zu bringen. Am dritten Tag ihrer Klassenfahrt hielt ich es nicht mehr aus und verteilte ihre Schuhe wieder im Haus. So hatte ich das Gefühl das sie gleich wieder da wäre und die Trennung von ihr war etwas erträglicher.

Als Ole dann mit dem Weihnachtsbaum kam, war ich schockiert. Er hatte ihn mir in die Waschküche gelegt. Ein super schöner Baum, hatte er gesagt.
Als ich den Baum sah, dachte ich, er wollte mich auf den Arm nehmen, aber Ole meinte es durchaus ernst. Da stand die Spitze einer Tanne, die nach seiner Aussage 7 Meter hoch war. Er war extra für mich auf eine Leiter gestiegen und hatte den Baum selbst gesägt. Also nicht die 7 Meter, sondern nur die Spitze davon. Ole erklärte mir, er sah natürlich mein entsetztes Gesicht, dass in Schweden immer solche Bäume genommen werden, weil man viel hinein hängen könne. „Die Schweden wollen nur solche Bäume, Anna". „Ole, wir sind hier nicht in Schweden und Katharina kommt zu Weihnachten!" Ich war fassungslos. Wo sollte ich jetzt noch so kurz vor Weihnachten einen Baum herbekommen? Ole war enttäuscht, weil ich mich so gar nicht über seinen Baum freuen konnte.
Als er wieder Richtung Polen gefahren war, stand ich in der Waschküche und schaute den Baum an. Nein das geht gar nicht, war mein Impuls. Ich ging ins Haus, um gleich darauf wieder in die Waschküche zu gehen, um den Baum erneut anzusehen.
Vielleicht hatte ich die Hoffnung, dass ich ihm etwas abgewinnen könnte, wenn ich ihn nur lange genug ansah. Aber dem war nicht so.
Ich weiß nicht, wie oft ich die Tür zur Waschküche öffnete und wieder schloss. Irgendwann siegte das Mitleid mit dem

Baum und ich holte ihn in die Stube. Er konnte ja nichts dafür, dass meine Erwartung an einen Weihnachtsbaum eine ganz andere war. Es machte eigentlich keinen Sinn, solch einen Baum überhaupt auf einen Fuß zu stellen, ich tat es trotzdem. In 2 Tagen würde Katharina kommen, bis dahin wollte ich einen geschmückten Baum haben. Einen schönen geschmückten Baum.

Ich rief Katharina an und bereitete sie schon einmal seelisch auf den Baum vor. „So schlimm kann es doch nicht sein Mama!" Sie hatte ja noch keine Ahnung.

Ich hängte alles an Kugeln und Lametta in den Baum, was ich hatte. Besorgte noch Schokolade zum reinhängen und gab ihm den Namen „Schmunzelbaum". Inzwischen konnte ich darüber lachen.

Als Katharina den Baum sah, musste auch sie lachen, und es wurde ein richtig schönes Weihnachtsfest. Wir hatten sogar Schnee bekommen, viel Schnee. Ich hatte schon Sorge, dass sie mit dem Auto gar nicht zu mir durchkommen würden, aber die Familie von gegenüber, mit denen ich mich inzwischen angefreundet hatte, kamen mit ihrem Trecker und schoben den Hofplatz bei mir frei.

Ich hatte sie gar nicht gefragt, Kai war plötzlich mit den Kindern da und begann, den Schnee wegzuschieben.

Sie hatten viele Jahre unter dem Herrn Petersen zu leiden gehabt, erzählte mir seine Frau mal. Er hatte den Kindern oft Angst gemacht und war im Dorf ziemlich verschrien. Die Dorfbewohner wechselten die Straßenseite, wenn sie am Hof vorbeikamen.

Als das Frühjahr kam, machte ich mich an den Garten. Ich brauchte Blumen, viele Blumen. Ich hatte das Glück, dass ich die „Blumenabfälle" aus dem Supermarkt mitnehmen

durfte. Ich hatte den Chef mal danach gefragt. Mir taten die vielen Blumen, die dort so oft im Müll landeten, leid.
Zuhause stellte ich sie in Wasser, erzählte ihnen, dass ich mich freuen würde, wenn sie sich erholen würden, und pflanzte sie später draußen ein.
Meine Oma hatte einen grünen Daumen, sie brachte immer alle Blumen wieder zum Blühen. Sie erzählte mir immer, dass die Blumen bei ihr nur wieder blühen würden, weil sie mit ihnen sprechen würde. Es funktionierte.
Bald war mein Garten vor dem Haus ein einziges Blumenmeer.

Ich traf mich auch einige Male wieder mit David, einmal fuhr ich auch zu seinem Zenkreis. Ich war am Nachmittag bei Katharina gewesen und von dort aus hingefahren. Karin war auch dort, sie saß auf ihrem Kissen und lächelte in sich hinein. Ihre Haare waren nass, vermutlich kam sie gerade mit David vom Schwimmen.
Ich ging trotzdem zu ihm rein. Wir nahmen uns in den Arm, und er wollte wissen, ob sich an meinen Gefühlen etwas geändert hätte. Ich musste lachen, im Raum nebenan saß seine Affäre und lächelte vor sich hin. Er umarmte mich und meinte, das würde ihm als Antwort reichen. Es sei aber noch zu früh. Wie war das jetzt wieder zu verstehen…..

Wir trafen uns noch wenige Male, dann wurde es ihm scheinbar wieder zu viel und er zog sich zurück. Genau zu der Zeit, als Ole begann mir ganz offensichtlich den Hof zu machen.

Als Ole mit Edith das erste Mal auf dem Hof übernachtete, machte meine kleine Hündin einen großen Haufen direkt in seine Zimmertür. Ich kam morgens von der Arbeit, Ole saß schon in der Küche. „ Anna, dein kleiner Hund hat einen" und dabei zeigte er mit den Händen eine Rundung,

„wie sagt man auf deutsch?" „Einen Haufen?" Ich war entsetzt, das hatte meine Ronja noch nie gemacht. Ja genau, erklärte er amüsiert, einen Haufen, direkt vor meine Tür. Ich entschuldigte mich und versprach, es sofort zu bereinigen.

Ole lachte, und fand das super gut. Dann fragte er nach dem Namen meiner Hündin, rief sie zu sich und gab ihr eine Scheibe Wurst. Ronja wolle ihm damit nur zeigen, dass es ihr Haus sei, klärte er mich auf, und das es super gut wäre. Sie würde dann auch gut auf das Haus aufpassen. Sie wurden Freunde und Ronja machte es auch nie wieder. Und Ole hatte bei mir Pluspunkte gesammelt.

Er kam immer öfter, mal allein, mal mit seinen Arbeitern. Und es war nett. Ich machte Kaffee, half beim Essen machen, backte Kuchen für seine Männer und machte die Küche sauber, damit Ole nicht so viel Zeit verlieren musste. Und ich machte es gerne. Die Stimmung war immer gut und ich zahlte so wenig Miete, da war es für mich selbstverständlich zu helfen, wo ich nur konnte. Wir wurden ein richtig gutes Team, verstanden uns auch ohne viele Worte.
Es war eine richtig schöne Zeit dort, nur der Weg zu Katharina war zu weit. Ich hatte oft Heimweh.

Ole lud mich, wenn er allein gekommen war, oft zum Essen ein oder fuhr mit mir einfach durch die Gegend, um mir die Umgebung zu zeigen. Er kannte sich gut aus, wusste so vieles. Das imponierte mir, er hatte wirklich an allem Interesse und konnte so viele Dinge erklären. Sein Kopf schien ein wahrer Computer zu sein.
Nach einem halben Jahr, wir waren den halben Tag unterwegs gewesen und hatten abends noch etwas gegessen, legte er plötzlich den Arm um mich und meinte ich dürfe gerne bei ihm schlafen, wenn ich wolle. Ich war

schockiert, stieß seinen Arm weg und schnauzte ihn an, dass ich das ganz sicher nicht wolle. Die gute Stimmung war dahin. Ole ging zerknirscht nach oben in sein Zimmer, ich in meines und ich hätte gerne den Schrank vor die Tür geschoben, denn es gab keinen Schlüssel für die Tür. Ich schlief in dieser Nacht nicht wirklich, horchte ständig ob ich Schritte hören würde, aber er kam zum Glück nicht. Völlig übermüdet fuhr ich morgens zur Arbeit und überlegte, wie ich mich weiter verhalten sollte. Am besten wohl so tun als wäre nichts gewesen? Auch Ole hatte wohl sehr wenig Schlaf bekommen, jedenfalls sah er ziemlich zerknautscht aus, als ich später zuhause in die Küche kam. Ich hatte Brötchen mitgebracht, und wir frühstückten gemeinsam, sprachen aber kaum. Ole war die Situation sichtlich unangenehm, das war ihm deutlich anzusehen.

Als er fertig war, meinte er, dass es wohl besser wäre, wenn er wieder fahren würde. Er nahm seine Tasche und ging zur Tür. Dann drehte er sich noch einmal um und meinte, dass er sehr glücklich darüber wäre, dass ich dort sei. Ich sah ihn an und hatte das Gefühl, dass er es wirklich ernst meinte. Die nächsten Male kam er nicht mehr alleine, er gab mir zur Begrüßung die Hand und umarmte mich nicht wieder. Es war wieder alles gut und wir sprachen auch nicht wieder über diesen Vorfall.

Eigentlich war jetzt die Zeit gekommen, in der ich hätte ausziehen sollen. Ich hatte allerdings noch nicht wirklich nach einer neuen Bleibe gesucht. Mir gefiel die Ruhe auf diesem Hof, er lag außerhalb vom Dorf und ich hatte nur die Nachbarn schräg gegenüber. Und mit ihnen verstand ich mich richtig gut. Inzwischen war ich mit Hannah auch beim jährlichen Feuerwehrfest gewesen.

Hannah wohnte schon ewig im Dorf und wenn es Neuigkeiten gab, wusste sie als erstes davon. Sie verkaufte Eier von ihren Hühnern und die Damen, die bei ihr kamen, waren sehr redselig. Ich war Dorfgespräch, wohnte ich doch auf dem schrecklichen Trakehnerhof oben auf dem Berg. Die Leute wussten mehr über mich zu berichten als ich selbst. Hannah und ich amüsierten uns immer über die Neuigkeiten. Als das Feuerwehrfest anstand, beschloss ich, mit Hannah an meiner Seite, mich in die Höhle der Löwen zu begeben.

Es war herrlich, die Damen musterten mich von oben bis unten. Natürlich hatte ich mich etwas hübsch gemacht, ich wollte ihnen schon einen netten Anblick verschaffen, bevor ich mich ihnen zum Fraß vorwarf. Aber sie steckten die Köpfe zusammen und tuschelten. Ich lächelte, grüßte nett und dachte mir meinen Teil. Es wurde trotzdem ein sehr netter Nachmittag, was nicht zuletzt an den netten Herren der anwesenden Damen lag. Sie trauten sich, unter den bösen Blicken ihrer Frauen, an unseren Tisch und fragten mich ungeniert aus. Nein, ich war nicht lesbisch, und ja, ich lebte dort oben auf dem Hof ganz alleine. Und nein, ich kannte den Polen vorher nicht, er war aber so nett, mir den Hof zu vermieten.
Die Männer waren mir deutlich sympathischer als die Damen. Aber vermutlich mussten sie in der Nacht alle auf dem Sofa schlafen.
Das Getratsche hörte aber danach auf, und die Damen gingen immer öfter bei ihrem Spaziergang am Hof vorbei und schauten, ob es dort irgendetwas Neues gab.

Ich fühlte mich wohl dort, ging viel im Wald spazieren. Ich konnte über die Koppel direkt in den Wald gelangen und meine Hunde und die Ziege Ida mitnehmen. Wir gaben für die Dorfbewohner ein merkwürdiges Bild ab. Ich war bald die Frau, die mit den Hunden und der Ziege spazieren ging. In der Waschküche gab es einen Holzofen, den ich im Winter befeuerte und Ida stand oft direkt am Ofen und wärmte sich. Es gab einen direkten Zugang von der Waschküche in den Pferdestall. Sie konnte sich dort also frei bewegen und auch die Hunde konnte ich mal dort lassen, wenn ich zu Katharina fuhr und länger fort war.

Ole kam dann von sich aus mit dem Thema Auszug. Eines Morgens beim Frühstück meinte er, dass er gerne einige seiner Pferde auf den Hof bringen würde. Ob es für mich in Ordnung wäre, wenn ich nach ihnen schauen würde und für Wasser sorgen könnte. Tja, das wäre natürlich kein Problem, dafür müsste ich aber dort wohnen bleiben, sonst wäre es schwierig und mein Mietvertrag würde ja bald ablaufen. „Ja ich weiß Anna, aber du kannst hier wohnen bleiben, solange du willst." Ole sah mich fest an. Ok, ich würde also dort wohnen bleiben, vorerst.

Pferde hat Ole nie gebracht. Er hat Heu dort auf seinen Wiesen gemacht, aber nicht einmal die Wiesen eingezäunt. Nach der Heuernte war mir klar, dass er keine Pferde mehr bringen würde. Er wollte, dass ich dort bleibe und hatte die Pferde nur vorgeschoben.

Von David sah ich in dieser Zeit wenig. Er trainierte hart und hatte sich für einen großen Marathon im Ausland qualifiziert. Er hatte auch eine Webseite erstellt, wie ich von Arne erfuhr. Die schaute ich mir natürlich an und wünschte ihm im Gästebuch viel Glück.
Die vielen Bilder, die er dort eingestellt hatte, zeigten ihn gemeinsam mit seiner Familie. Bilder mit seinen Kindern, Bilder mit seiner Frau, die ihre Arme um ihn gelegt hatte. Eine glückliche Familie?

Ich musste an Karin denken. Wie musste sie sich fühlen, wenn sie diese Bilder sah? Hatten sie sich vorher getrennt? Vermutlich, aber es war sicher schmerzhaft für sie. Ich war froh, nicht in ihrer Haut zu stecken. War er doch ein Arschloch, wie er mir zu Beginn unserer Freundschaft gesagt hatte? Oder interpretierte ich nur zu viel in diese Familienbilder hinein?

Es ging mich nichts an, und hatte er nicht immer gesagt, es sei alles gut so wie es ist?
Ich hätte ihn damals würgen können für diese Sätze. Alles ist gut Anna, wir müssen nichts verändern. Alles ist genau so, wie es sein soll. Dabei war für mich gar nichts gut, ich wollte alles verändern. Ich wollte bei ihm sein, ich wollte dass er seine Frau verlässt, ich wollte mit ihm eine neue Zukunft aufbauen, ich wollte und wollte und wollte.
Unsere Hölle erschaffen wir uns immer selbst, hier auf der Erde, mit unserer Gier, unserem haben wollen. Loslassen ist eine der schwierigsten Lektionen, die wir zu lernen haben. Und ich war noch lange nicht frei davon.

Als David wieder zurück war, tauchte er auch wieder einige Male in Hagen auf. Wir nahmen uns wieder in die Arme, er hatte sich sehr über meine Zeilen gefreut.
Wir trafen uns aber nicht mehr, dabei hätte ich gerne mit ihm Gespräche geführt. Ich hatte noch immer die heimliche Hoffnung, dass aus uns etwas werden würde, und Ole machte keinen Hehl daraus, dass er die gleiche Hoffnung mit mir hatte.
Aber auch Ole war in festen Händen und ich wollte keine Affäre. Weder mit David noch mit Ole, der inzwischen wieder regelmäßig auch alleine auf den Hof kam.
Und Ole gab sich wirklich Mühe. Er machte abends Essen, half beim Abwasch und versuchte im Haus zu reparieren,

was zu reparieren war. Es sei ihm wichtig, dass ich mich wohl fühle, meinte er.

Abends saß er oft mit mir noch am Küchentisch und wir tranken ein Glas Wein zusammen. Dabei erzählte er von seinem schweren Unfall.

Er war 2 Jahre zuvor unter einen Trecker geraten und wäre heute nicht mehr am Leben, wenn nicht zufällig ein Notarztwagen in der Nähe gewesen wäre. Er hatte lange im Koma gelegen, war an den Rollstuhl gefesselt und hatte sich langsam wieder ins Leben zurückgekämpft. Davon sah man ihm allerdings nichts mehr an. Wenige Jahre davor hatte er seinen Sohn durch einen Ärztefehler verloren und litt noch immer sehr unter dem Verlust. Ich fragte mich, wo der Mann diese unglaubliche Kraft hernahm, die er ausstrahlte. Ich fühlte mich zu ihm hingezogen, musste ich mir eingestehen. Ich sehnte mich nach starken Armen und Zärtlichkeit.

Edith kannte er seit 8 Jahren, und sie wohnten zusammen. Er hatte sie auf einem Vortrag, der in seinem Haus stattfand, kennengelernt. Sie war dann sehr schnell bei ihm eingezogen. Edith lebte zu der Zeit mit einem Mann zusammen, der sie schlecht behandelte.

Schien, als hätte Ole für diese Frauen ein Händchen.

Er war einer der größten Trakehnerzüchter in Polen, hatte mehr als 100 Hektar Land und einige Höfe, die ihm gehörten. Sein Vermögen belief sich auf mehrere Millionen. Das reichte mir an Informationen, ich sagte Gute Nacht und ging zu Bett.

Wenn er meinte, mich damit beeindrucken zu können, hatte er genau das Gegenteil erreicht. Für mich war er der Millionär, der sich mal eben eine kleine einsame Putzfrau angelte, um etwas Spaß in sein Leben zu bringen. Nein Danke.

Ole merkte schnell, dass die Nummer bei mir nicht zog und
änderte seine Taktik. Er hatte wirklich ein langes
Durchhaltevermögen.
Er wollte mir am nächsten Tag unbedingt den Rücken
massieren. Ich hatte durch die Arbeit ständig
Rückenschmerzen, und Ole meinte, er könne etwas dagegen
tun. Ich legte mich also abends auf meine Liege und ließ
mir von ihm den Rücken massieren. Es tat tatsächlich
unglaublich gut. Es blieb aber bei dem Rücken, die vordere
Partie blieb für ihn tabu. Danach ließ er seine
Schlafzimmertür immer nur noch angelehnt. Ich übersah
seine Einladung und ging in mein Zimmer und machte die
Tür hinter mir zu. Ich wusste, dass er später noch einmal in
die Küche gehen würde. Er machte aber keine Anstalten
zudringlich zu werden.

Im Frühjahr hatte er bei sich in Polen Tag der offenen Tür.
Ich war eingeladen, und er hoffte, dass ich kommen würde,
allein. Ich sagte zu, nahm aber meine Tochter, ihren Mann
und meine Schwester mit. Auf keinen Fall wollte ich bei
ihm übernachten.
Er rief schon früh am Morgen an, um zu erfahren, ob ich
schon unterwegs sei. Ich verneinte, ich war noch auf dem
Rückweg von meiner Arbeit und musste auch die Pferde
noch versorgen, bevor ich fahren konnte. Er rief dann
gefühlt alle 15 Minuten an und fragte nach, wo ich
inzwischen war. Er freute sich riesig, als ich auf seinem Hof
eintraf, schaute aber meine Begleitung etwas reserviert an.
Ich hatte ihm nicht gesagt das ich in Begleitung kommen
würde, wozu auch. Ich begrüßte ihn und Edith mit einer
Umarmung. Ich mochte sie sehr gern, Edith war eine sehr
attraktive und warmherzige Frau, dachte ich zumindest.
Dass sie auch anders konnte, stellte ich später fest.
Edith übernahm die Führung, stellte die Pferde vor, erklärte
deren Abstammung, war für alle Fragen offen, war die

perfekte Gastgeberin. Es gab keinen Zweifel, dass sie und Ole zusammengehörten.

Nach der Vorführung der Pferde und deren Nachzucht ging es weiter zum nächsten Hof, auf dem die Junghengste und auch sein Deckhengst standen. Einige der Stuten, die gedeckt werden sollten, standen auf der Weide. Edith führte uns auch den Hengst mit Oles Hilfe vor. Ich kannte seinen Hengst bereits, er war auf dem Weg in den Ausbildungsstall für eine Nacht bei mir untergebracht gewesen. Ole hatte damals seine Bereiterin Lena mitgebracht. Die beiden hatten damals gemeinsam in einem Bett geschlafen, Lena hatte angeblich Angst allein. Es schien bei ihm üblich zu sein, jede Frau in seinem Bett schlafen zu lassen, ich war jedenfalls ziemlich schockiert darüber. Ole kannte Lena wohl schon seit ihrer frühen Jugend und war mit ihren Eltern befreundet.

Lena war an dem Tag nicht dabei, ich war froh darüber, ich mochte sie nicht. Sie hatte mich damals nicht einmal begrüßt, ich hielt sie für ziemlich arrogant. Abends waren die beiden noch gemeinsam zum Essen gefahren, ich wurde nicht einmal gefragt, ob ich mit wolle. Ich versorgte seinen Hengst mit Futter und Wasser. Auch ein Grund, warum ich Ole´s Annäherungsversuche nicht wirklich ernst nahm.

Ole zeigte uns all seine Höfe, einige hatte er frisch renoviert und sie standen noch leer.

Ich könne seine Pferde versorgen und betreuen und auf einem seiner Höfe wohnen, bot er mir an. Ich lehnte dankend ab, mit der Begründung, dass es mir zu weit weg wäre von meiner Tochter. Und das stimmte auch, Friedland war mir mit der einen Stunde Fahrt schon zu weit weg. Edith und Ole´s Tochter hatten ein Buffet aufgebaut, es gab reichlich zu Essen und zu Trinken. Es war ein sehr gelungener Tag, Edith war in meinen Augen die perfekte Ergänzung zu Ole. Er flirtete auch an diesem Tag mit mir, allerdings nur, wenn von seiner Familie keiner in Hörweite war. Ich nahm es nicht ernst, Ole hatte etwas über den Durst getrunken.

Wir saßen noch eine kleine Weile bei ihm im Haus, bevor wir fahren wollten. Ole scherzte viel und dann meinte er, dass er jetzt noch sein Auto vom anderen Hof holen wolle. Edith legte ihre Hand auf sein Bein und meinte, in seinem Zustand würde er nirgendwo hinfahren. Die Geste war für mich viel zu vertraut für „nur Freunde". Als wir gegen Abend fuhren, war Ole ziemlich betrunken, aber im Gegensatz zu Hugo, der aggressiv wurde, war Ole nur sehr lustig.

Wenn ich alleine im Haus war, sah ich früh am Morgen, wenn ich oben ins Bad wollte, vor meinem geistigen Auge oft eine kleine alte Frau auf dem Flur. Sie war hager, gebeugt und in Schwarz gekleidet. Ich überlegte lange, wer sie wohl gewesen war, bis mir plötzlich der Gedanke kam, dass ich es selbst war. Das war ich aus einem vergangenen Leben. Aber warum zeigte sich mir dieses Bild, was sollte es mir sagen?
Ich fuhr am Wochenende zu meiner Freundin, sie hatte eine Ausbildung zur Schamanin und wir machten eine kleine Rückführung.

Dabei sah ich mich als alte hagere Frau, gebeugt und in Schwarz gekleidet. Ich lebte in einer kleinen Hütte im Wald, ich war wohl so etwas wie eine Kräuterfrau. Reiter kamen, der Anführer war ein feiner Gutsherr, mein Gefühl sagte mir, dass es Ole war. Die Männer stießen meine Tür auf, entrissen mir meinen kleinen Sohn und ritten davon. Der Kleine war vielleicht drei Jahre alt, er saß hinter dem Reiter und rief nach mir. Ich lief den Reitern hinterher, aber sie waren schnell fort. Dieser Gutsherr hatte eine Affäre mit mir gehabt, aus der ein Sohn hervorgegangen war. Seine

Frau konnte keine Kinder bekommen, darum holte er sich unseren gemeinsamen Sohn. Ich sah ihn nie wieder.

Ich endete als verbitterte alte Frau, die jungen Frauen, die ungewollt schwanger wurden, die Kinder aus dem Leib trieb. Ich tat es nicht um ihnen zu helfen, ich tat es weil ich ihnen die Kinder nicht gönnte. Dabei war es mir egal, wenn die Frauen diese Abtreibung mit ihrem Leben bezahlten. Ich verscharrte sie und die abgetriebenen Babys im Wald.

Wenige Tage später rief mich irgendeine Stimme auf den Strohboden über dem Stall. Die Sonne warf einen hellen Lichtstrahl hinein und ich kletterte die Leiter hoch auf den Boden. Dort standen sie vor meinem geistigen Auge. Frauen in weiße Laken gehüllt, die ihre Babys im Arm hielten. Ich bat jede einzelne von ihnen um Vergebung.

Ich habe nie wieder so einen spirituellen Ort erlebt wie den Hof dort in Friedland. Es schien als hätte ich dort etwas zu erledigen, zu bereinigen.
Ich ging die kommenden Wochen fast täglich in den Wald und über die Wiesen. Dabei sang ich heilende Mantras und bat um Vergebung.

An einem anderen Tag stand plötzlich ein alter Mann vor mir im Stall und wollte wissen, was ich dort zu suchen hätte. Ich sagte ihm, dass ich dort jetzt wohnen würde um alles in Ordnung zu halten.
Er brummte mich an und verschwand.
Ich ging nachmittags noch zu Hannah und fragte nach dem Vornamen des alten Petersen.
Es war klar dass er es gewesen sein musste. Hannah war zum Glück auf meiner Wellenlänge, ich konnte mit ihr darüber reden. Andere hätten mich vermutlich für völlig

verrückt erklärt, hätte ich ihnen erzählt, dass ich den Geist des alten Petersen gesehen hatte.

Ich ging wieder hoch zum Hof, suchte einen großen flachen Stein, der als eine Art Altar dienen sollte, und einen versteckten Platz nahe am Haus und nicht gleich für jeden sichtbar. Dann schrieb ich seinen Namen auf einen kleineren Stein, den ich auf den Altar stellte und legte ein leeres Schneckengehäuse und einen kleinen Rosenquarz dazu. Ich sprach noch ein kleines Gebet, danach erschien mir der alte Petersen nie wieder. Er hatte seine Ruhe.
Es dauerte nicht lange, da wurde ich sehr früh wach und sah im Geiste wie der alte Petersen aus dem Stallgebäude lief. Er hatte sichtlich Bauchkrämpfe.
Sein Sohn, von dem Ole den Hof gekauft hatte, lief mit einer Schaufel hinter ihm her. Als er ihn eingeholt hatte, schlug er seinen Vater mit der Schaufel nieder. Dann packte er ihn und schleifte ihn Richtung Stall.
Ich saß geschockt im Bett, und nachdem ich meine Pferde versorgt hatte, führte mich mein erster Weg wieder zu Hannah.

Hannah wollte mir die Geschichte vom Tod des alten Petersen eigentlich nicht erzählen, weil sie mir keine Angst machen wollte. Die Leute sagten eh schon, dass es auf dem Hof dort oben spuken würde.
Aber der Tod von dem alten Petersen wurde nie wirklich aufgeklärt.
Sie erzählte mir, dass wenige Tage vor dem Tod des alten Petersen deren Hund vergiftet wurde. Niemand wusste von wem.
Der alte Petersen lag wenige Tage später in der Pferdebox von einem Hengst. Er hatte eine schwere Kopfverletzung.
Angeblich hatte der Hengst nach ihm getreten und ihn am Kopf getroffen. Als die Sanitäter ihn aus der Box holten

und auf die Trage legten, soll der alte Petersen einem der Sanitäter ins Ohr geflüstert haben: „Es war kein Pferd." Kurz darauf verstarb er.
Es wurde damals das ganze Dorf befragt, aber niemand sagte etwas. Sie hatten alle Angst. Sollte ich zur Polizei gehen und meinen Verdacht äußern? Das der junge Petersen seinem Vater Rattengift unter das Essen gemischt hatte? Das er vermutlich die Dosierung vorher bei seinem Hund geprüft hatte? Es war eine Vermutung, ich hatte es nur vor meinem geistigen Auge gesehen und mit Sicherheit würde mir niemand glauben. Ich ging nicht zur Polizei, vielleicht reichte es, wenn Hannah und ich die Wahrheit wussten. Die Polizei kam damals nicht weiter und stellte die Untersuchungen ein.
Also ließen wir es auch darauf beruhen.

Aber es ging weiter, ein anderes Mal war ich oben auf dem Boden, ich fütterte dort immer die Katzen, als ich eine Frau schreien hörte. Es war ein junges Mädchen, blond und sie wurde von einem Mann ins Heu gedrückt. Sie schrie und wehrte sich, hatte aber gegen den Mann keine Chance. Er hatte sie dort oben auf dem Heuboden vergewaltigt.
Es musste der junge Petersen gewesen sein, denn der Mann, den ich dort im Geiste sah, war noch nicht so sehr alt.
Ich ging an dem Abend noch rüber zu meinen Nachbarn und fragte nach einer jungen blonden Frau, die dort mal gewohnt hatte. Meine Nachbarin erzählte, dass der junge Petersen für einige Wochen eine junge Polin als Bereiterin eingestellt hatte. Sie war auch öfter mal zu ihnen rüber gekommen, um bei ihnen einen Kaffee zu trinken. Sie fühlte sich nicht besonders wohl bei Petersen auf dem Hof. Eines Abends kam sie völlig aufgelöst zu ihnen, sie weinte und war nicht zu beruhigen. Was passiert war hatte sie nicht erzählt, aber Kai hatte sie noch in der Nacht nach Polen zu

ihren Eltern gefahren. Sie haben danach nichts mehr von ihr gehört.

Ich sprach mit meiner Freundin darüber, und wir verabredeten uns am Wochenende, um den Hof und alles was dazu gehörte zu segnen und zu reinigen. Hatte mein Weg mich deswegen hierher auf diesem Hof geführt.? Und was war mit Ole?

In mir keimte die naive Vorstellung auf, dass ich Ole getroffen hatte, damit er die Chance bekam, an mir wieder gutzumachen, was er mir im letzten Leben angetan hatte. Immerhin hatte er in unserem letzten Leben, nicht zu mir gestanden und mir mein Kind genommen.

Dass Ole Interesse an mir hatte, war offensichtlich, was meine Gefühle anging, war ich mir nicht sicher. Er war Millionär, ich Putzfrau. Was für ein Interesse sollte er an mir haben, außer einem sexuellen? Und ich schätzte ihn durchaus als einen ziemlichen Casanova ein. Zudem war er gebunden, und mich in ihn zu verlieben wäre töricht.
Aber ich war empfänglich für seine Annäherungsversuche, die wieder mehr wurden. Ich sehnte mich nach Zuneigung, nach jemanden der mich als Frau sah, nach Zärtlichkeit und Geborgenheit.

Der erste Sommer ging zur Neige. Es war ein schöner Sommer. Katharina hatte inzwischen ihr zweites Kind bekommen und war mit ihrer Familie häufiger zu Besuch. Sie blieben auch mal über Nacht. Ole stellte großzügig die oberen Zimmer zur Verfügung, wenn ich Besuch hatte. Familie war für ihn sehr wichtig und so war es für ihn selbstverständlich, dass meine Familie seine oberen Zimmer bekam.

In den Sommerferien waren zwei meiner Ponymädchen zu Besuch und bewohnten auch eines der oberen Zimmer. Ole war eine ganze Woche mit einem seiner Arbeiter da. Sie bauten an der Halle und wir hatten viel Spaß in dieser Zeit. Ole flirtete ganz offen mit mir, was mich wunderte, da Piotr auch für ihn in Polen arbeitete und Edith ja gut kannte. Ole machte abends öfter Essen für uns alle und tischte kräftig auf.

Dabei dachte er immer daran, dass ich kein Fleisch aß, er sorgte für Brot und Salat.

Er tat mir gut, er baute langsam aber sicher mein Selbstbewusstsein wieder auf.

Die Mädchen fuhren nach dieser Woche wieder nach Hause, Piotr hatte einige Tage frei und fuhr ebenfalls nach Hause.

Ich war mit Ole allein.

Ich war kurz unter die Dusche gegangen und wollte Ole eigentlich nur eine Gute Nacht wünschen. Er saß noch in der Küche und wartete darauf, dass das Bad frei wurde. Er saß auf dem Stuhl und reichte mir seine Hände. Ich sollte meine Hände auf die seinen legen und dann fragte er, womit ich Energie gebe, wenn ich Menschen mit Reiki behandeln würde. Mit den Händen, warum?

Und wo kommt jetzt deine Energie her, wollte er wissen. Wenn ich Ole gegenüber stand, kam meine Energie aus dem Herzen, das wusste ich. Mir war aber nicht bewusst, dass er dafür empfänglich war. „Siehst du Anna, ich fühle das die ganze Zeit."

Für ihn war es wohl die Bestätigung, dass da doch etwas zwischen uns war.

Nach einem Jahr gab ich seinem Drängen nach und er schlief das erste Mal bei mir. Vielleicht brauchte ich ihn, um David zu vergessen und gab ihm gleichzeitig die Möglichkeit der Wiedergutmachung?

Ole benahm sich am nächsten Morgen wie ein kleiner Junge, er strahlte über das ganze Gesicht, sprang aus seinem Trecker, obwohl er das gar nicht durfte nach seinem schweren Unfall und war energiegeladen wie lange nicht mehr. Er hatte mir am Abend vorher erzählt, dass sein Körper ab Hüfte fast nur noch aus Metall bestand. Der Trecker, unter den er damals gekommen war, hatte seine Knochen völlig zersplittert.

Am nächsten Tag fuhr Ole nachmittags wieder zurück nach Polen, und ich hörte die nächsten drei Wochen nichts von ihm. Ich war enttäuscht, dachte, er hätte doch nur sein Spielchen mit mir gespielt. Mein Stolz verbot mir ihn anzurufen. Ich wollte das er sich meldet.
Nach drei Wochen stand er plötzlich wieder auf dem Hof. Ich war auf der Pferdekoppel, es goss in Strömen, aber ich wollte nicht ins Haus gehen. Ich war wütend und wusste nicht, wie ich ihm begegnen sollte.
Irgendwann musste ich natürlich doch rein, Ole stand in der Küche und wartete auf mich. Du siehst aus wie ein nasser Hund, war seine Begrüßung, und dann nahm er mich in die Arme. Meine Wut war weg, er nahm mir einfach den Wind aus den Segeln.
Ich sagte ihm, dass ich eigentlich stinksauer sei, weil er sich so lange nicht gemeldet hatte. Er tat, als würde er nicht verstehen was ich meinte. „Wenn du stinkst Anna, so musst du ein Bad nehmen!" Ich wollte erklären, was ich meinte, aber er ging einfach nach oben ins Bad und ließ Badewasser ein. Die heiße Wanne tat gut, mir war durch den Regen ziemlich kalt geworden. Es dauerte nicht lange, da kam Ole einfach dazu. Er hätte kalte Füße meinte er. Ich war 47 Jahre alt und das erste Mal gemeinsam mit einem Mann in der Badewanne.

Ich hatte ihn gefragt, ob er mit Edith gesprochen hätte. Ole verneinte, sie müsse das nicht wissen. Sie sei nur eine gute Freundin und es ginge sie nichts an. Ich hatte da einen ganz anderen Eindruck, aber Ole beteuerte, dass sie wirklich nur Freunde wären. Ich verstand nicht, warum er es ihr dann nicht einfach sagen konnte, aber Ole wollte keinen Stress zuhause. Seine Familie hatte ihr viel zu verdanken, nach seinem Unfall hatte sie sich um alles gekümmert, und es würde mit seinen Kindern und ihr Ärger geben, da war er sich sicher.

Ich mochte Heimlichkeiten noch nie, aber ich dachte, die Zeit würde es schon mit sich bringen.

Und ich wollte ihm ja die Chance der Wiedergutmachung geben. Außerdem tat mir seine Nähe gut, und leider musste ich mir auch eingestehen, dass ich ihn vermisste, wenn er in Polen war.

Als er das nächste Mal kam, brachte er wieder zwei seiner Arbeiter mit. Ole betrat das Haus, gab mir die Hand und sagte mir Guten Tag. Dann ging er zu seiner Tagesordnung über und ließ mich stehen. Es war als hätte er mir einen Dolch ins Herz gestoßen.

Erst spät am Abend, als seine Männer sich in ihre Zimmer zurückgezogen hatten, kam er zu mir. Den ganzen Tag über hatte er mich kaum beachtet.

Es tat mir entsetzlich weh und das sagte ich ihm auch. Ole war sich keiner Schuld bewusst, er meinte, dass er sich auf seine Arbeit konzentrieren müsse und das könne er sonst nicht. Darum ginge er mir aus dem Weg. Und seine Arbeiter sollten natürlich nichts mitbekommen, aber er hätte sich sehr in mich verliebt.

Es dauerte sehr lange, bis ich mich daran gewöhnte hatte, es tat immer wieder sehr weh.
Ende Oktober war der Trakehnerhengstmarkt, Ole war als Züchter dort bekannt und wollte in den drei Tagen natürlich auch dabei sein.
Er kam am Abend vorher, aber er kam nicht allein. Für ihn war es selbstverständlich, dass Edith ihn dorthin begleitete, so wie die vielen Jahre vorher auch schon. Aber das war noch nicht das Schlimmste, sie schlief auch bei ihm im Zimmer, mit ihm in einem Bett.
Wie konnte er mir das antun? Ich lag unten in meinem Bett und er schlief oben mit Edith. Darüber hatte er sich überhaupt keine Gedanken gemacht, für ihn war es völlig normal, mit ihr in einem Bett zu schlafen. Immerhin schliefen sie in Polen auch in einem Bett. Sie liege ja nicht in seinem Arm, meinte er. Wie würde ihm das wohl gefallen, wenn ich einen Freund anriefe und ihn mit mir in einem Bett schlafen ließe, während er oben alleine liegen würde? Das würde ihm nicht gefallen, aber mit Edith wäre es ja etwas anderes, war seine Antwort. Jedenfalls schlich er nachts nicht in mein Zimmer, so viel Anstand hatte er dann doch. Aber in mir ging etwas kaputt und das konnte er auch nie wieder reparieren.

Ich wollte die Beziehung zu Ole beenden, schaffte es aber nicht. Wenn er anrief, ging ich nicht ans Telefon. Ich wollte nicht mehr mit ihm sprechen, ich war enttäuscht. Ich dachte wieder oft an David. War es nicht im Grunde wieder dasselbe Spielchen?
David hatte mir immer wieder gesagt das es „mein Ding" wäre. Alle Emotionen entstünden in mir, und ich müsse lernen, das zu verstehen. Wo keine Erwartung ist, kann es auch keine Enttäuschung geben. Es wäre lediglich eine Sache unseres Egos. Unser Ego will immer dieses oder

jenes und macht ein Drama daraus, wenn es nicht bekommt, was es will.
David hatte immer gut reden. Mein Ego war jedenfalls wütend, enttäuscht und unglaublich verletzt.
Es dauerte meinst nur ein paar Tage, und dann stand Ole wieder in meiner Küche. Wir redeten miteinander, er hatte keinerlei Ahnung, warum ich so empfindlich reagierte, und letztendlich versöhnten wir uns wieder, bevor er am nächsten Tag zurück nach Polen fuhr.

Das Jahr verging und Weihnachten stand wieder vor der Tür. Ole war zwei Tage vorher gekommen und wünschte mir ein schönes Fest. Er würde erst im neuen Jahr wiederkommen.
Ich verbrachte das Weihnachtsfest bei Katharina.

Es blieb alles beim Alten, ich lebte mein Leben und Ole seines. Eigentlich wollte er den Hof verkaufen, nun aber machte er Pläne, wie er den Hof renovieren könnte. Er wollte seine Pläne mit mir teilen, aber ich wollte nicht. Ich hatte Heimweh. Der Ort hier war wunderschön, ich liebte die alte Kirche und wenn die Kinder bei mir waren, gingen wir oft auf den Spielplatz gegenüber. Es war eine schöne Zeit dort, aber ich war dort einfach nicht zuhause. Manchmal hatte ich das Gefühl, dass ich gar nicht mehr ganz da wäre. Als wäre ich schon mit einem Bein woanders. Ich wusste noch nicht wo, aber es fühlte sich nach Abschied an.

Ich sagte Ole, dass er den Hof für mich nicht zu renovieren brauche, ich würde wieder in die Nähe von Katharina ziehen. Er konnte das gut verstehen und begann, nach Höfen zu suchen, die dichter bei Katharina lagen. Wenn er diesen Hof verkauft, dann würde er dafür einfach einen anderen Hof kaufen, meinte er. Er wollte einen Hof in

Deutschland behalten und ich könne dann wieder dort wohnen.

Also schauten wir regelmäßig im Internet nach geeigneten Objekten. Und ich machte endlich die anderen Stallungen leer. Dort war der Mist ja noch immer in den Boxen, seine Arbeiter hatten bisher keine Zeit dazu gehabt ihn zu entfernen. Ich nahm mir vor, jeden Tag eine Box zu leeren, dann wäre ich in einer Woche damit fertig. Danach strich ich die Wände, machte alles sauber und stellte den Hof mit schönen Bildern ins Internet. Es gab viele Interessenten und auch an dem vielen Land waren mehrere interessiert. Irgendwie lief immer alles bei mir zusammen, die Begutachtungen, Verhandlungen; Ole sagte allen, dass sie mich anrufen sollten, und ich würde ihn dann informieren. Am Ende hatte Ole, auch Dank meiner Hilfe, seine Million für den Hof bekommen. Ole freute sich riesig, ich war mal wieder enttäuscht über die fehlende Anerkennung. Mein Problem.

Ich sah mir zwischenzeitlich diverse Höfe an, die infrage kamen. Es waren einige schöne dabei, aber irgendwie sprang der Funke nicht über. Auch Ole hatte einen schönen Hof ganz in der Nähe der Polnischen Grenze gefunden und hatte ihn sich angesehen. Als er davon erzählte gestand er mir, dass er das Gefühl hatte, sein verstorbener Sohn wäre dort gewesen und hätte ihm gesagt, dass er den Hof nicht kaufen sollte.
Ich lernte wieder mal eine neue Seite von Ole kennen.

Eines Morgens rief Katharina mich an, ob ich nicht wieder nach Beerendorf ziehen wolle. Der Hof auf dem Tina gewohnt hatte, stand schon lange leer, aber ich hatte immer kein gutes Gefühl bei dem Hof. Er war in der gleichen Straße, in der ich so viele Jahre mit Hugo gelebt hatte. Ich kannte den Hof, wir waren früher öfter mal dort gewesen. Nun wurde er wieder im Internet für wenig Geld angeboten. Ich rief Ole an, wir hatten uns seit 6 Wochen nicht gesehen und kaum telefoniert. Noch wusste ich nicht, warum. Ich erzählte ihm von dem Hof und nannte ihm den Preis. Wir verabredeten uns für den nächsten Tag zur Besichtigung.

Als wir am Hof eintrafen, stieg Ole aus seinem Wagen, sagte kurz Guten Tag und ging auf das Grundstück. Keine weitere Begrüßung. Irgendetwas war hier faul, Ole war mehr als merkwürdig. Wir waren allein, hatten die Erlaubnis, uns erst einmal den Hof ohne den Makler anzusehen. Oles Verhalten konnte ich deshalb überhaupt nicht verstehen.
Der Hof war ziemlich marode. Wir sahen durch die Fenster, es waren 2 Wohneinheiten. Ich strich Ole über den Rücken, spürte die Energie zwischen uns, aber er blieb auf Abstand. Ich fragte ihn, ob ich die zweite Wohnung vermieten dürfte. Ole sah mich an und etwas in seinem Blick gefiel mir gar nicht. Ich sagte ihm, dass meine Mutter dringend Hilfe bräuchte, und wenn sie hier in die 2.Wohnung einziehen könnte, wäre das total schön. Sein Gesicht hellte sich auf, ja das wäre super, meinte er. Was hatte er gedacht, wen ich da einziehen lassen wollte?

Die Stallungen waren noch maroder als das Haus, aber Ole gefiel der Hof und er war deutlich dichter an Polen. Er hätte eine ganze Stunde weniger Fahrt. Er machte sofort Pläne, was er alles verändern wollte und wie es später aussehen könnte. „Ruf den Makler an und sage ihm, dass ich den Hof kaufen will, Anna!" Wir sahen uns noch die Weiden an, Platz genug war vorhanden. Ich nahm Ole beiseite und legte meine Arme um ihn, ich wollte wissen was los war. Dass ihn irgendetwas bedrückte, war offensichtlich.

Als wir zurück am Auto waren, legte er mir die Hand auf die Schulter, das heißt, eigentlich presste er sie mir auf die Schulter. Als wir das letzte Mal zusammen waren, habe ich eine Infektion von dir bekommen Anna. Ich starrte ihn an. Mir wurde kurzfristig schwarz vor den Augen. Das konnte überhaupt nicht sein, und das sagte ich ihm auch. Aber nicht von mir Ole, nicht von mir…..immer und immer wieder. Wie konnte er solch eine Behauptung einfach in den Raum stellen?
Er müsse sie von mir haben, er war mit keiner anderen Frau zusammen gewesen.
Jetzt war die Bombe geplatzt. Deshalb war er so lange nicht gekommen, hatte sich nicht gemeldet. Ole ging davon aus, dass es neben ihm noch einen anderen Mann geben würde. Und vermutlich hatte er gedacht, dass mein Liebhaber in die 2. Wohnung einziehen sollte?

Ich war schockiert und ich war verletzt, wieder einmal. Er hätte deswegen viel Antibiotika nehmen müssen, meinte er. Er gab mir so ganz einfach die Schuld an einer Infektion, die er hatte, ohne überhaupt mit mir gesprochen zu haben. Ich schwor ihm, dass er sie nicht von mir haben könne, ich war niemals mit einem anderen Mann zusammen. Vielleicht ja noch von früher, meinte er. Das war zu dumm, ich hatte ihm erzählt, dass Hugo und ich in den letzten zehn Jahren nicht mehr zusammen gewesen waren und einen anderen Mann hatte es nie gegeben.
Ich war zu schockiert für einen Streit, ich hätte ihm sonst unterstellen können, dass er vermutlich doch eine andere Frau gehabt hätte, vielleicht Edith?
Ich ließ es, es hätte auch zu nichts geführt. Ole glaubte mir, dass ich ihm treu war, die Infektion hätte er aber von mir, daran hielt er fest.

Ich schrieb am Abend noch eine Mail an den Makler und erhielt am nächsten Morgen die Zusage für den Hof. Ich würde wieder zurück in meine Heimat ziehen.

Ich kündigte als erstes meinen Job im Supermarkt. Als Ole den Vertrag unterschrieben hatte, fuhr ich mit meinen Hunden nach Beerendorf. Ich wollte mit dem Saubermachen beginnen. Der Hof war lange nicht bewohnt und entsprechend sah es draußen aus. Der Garten war völlig verwildert, der Hofplatz voller Laub. Die Hunde freuten sich riesig, und bevor ich überhaupt beginnen konnte irgendetwas zu machen, musste ich mit ihnen eine Runde durch das Dorf gehen.

Dass sie ebenso wie ich Heimweh hatten, bemerkte ich erst jetzt. Die kleine Ronja hatte lange nicht gespielt, ich dachte, es würde an ihrem Alter liegen. Immerhin war sie inzwischen auch schon acht Jahre alt, aber in Beerendorf angekommen, tobte sie plötzlich wieder herum wie ein junger Hund.

Wir fuhren fast jeden Tag zwischen, die Hunde gewöhnten sich schnell an den neuen Hof, und nach einigen Tagen sah es schon ganz anders aus. Die Nachbarn hatten inzwischen auch mitbekommen, dass ich wieder in Beerendorf war, und kamen rüber. Es war schön, endlich würde ich bald wieder zuhause sein.

Im September, genau zwei Jahre später, zog ich wieder nach Beerendorf. Und wieder waren es Freunde, die halfen. Sie kamen wieder mit Pferdehänger und Transporter, um meine Tiere und mich nach Hause zu holen. Katharina half mir wie selbstverständlich, die Wohnung sauber zu machen und einzurichten.

Ole hatte seine Hilfe angeboten, er hatte ja einen großen LKW und auch Pferdehänger, aber als es losgehen sollte, war von ihm keine Spur zu sehen. Er hatte zu viel in Polen zu tun. So nahm ich dann seine Möbel, die er unbedingt behalten wollte, auch noch mit.

Das Haus wollte er im nächsten Sommer renovieren.

Als wir die Pferde aus den Hängern nahmen, schauten sie sich kurz um und schienen zufrieden. Auch sie waren wieder Zuhause. Es gab überhaupt keine Aufregung bei ihnen, sie ließen sich in aller Ruhe auf die Koppeln führen und begannen zu grasen.

Das Haus war schnell eingerichtet, ich hatte sogar eine kleine Waschküche, die von draußen zugänglich war. So konnte ich die Hunde bei schlechtem Wetter erst einmal dort lassen und auch meine Stallklamotten mussten nicht in der Wohnung hängen. Vor die Tür, die von der Waschküche zur Küche führte, baute ich ein Schutzgitter für Kinder ein. So waren die Hunde zwar ausgesperrt, aber trotzdem in meiner Nähe.

Die Heizungsanlage in dem Haus war kaputt, Ole baute kurzerhand einen alten Holzofen, den er aus Polen mitgebracht hatte, ein. So kostet das Heizen fast gar nichts, Anna, meinte er.

In meinem zukünftigen Arbeitszimmer gab es auch noch einen Kamin. Für den ersten Winter brachte Ole mir Holz mit. Und der erste Winter kam bald und wurde auch ziemlich kalt. Im Stall fror die Wasserleitung ein, ich musste das Wasser für meine Pferde aus der Küche holen. Und der Holzofen war gut und schön, aber viel zu klein. Ich musste alle zwei bis drei Stunden neues Holz nachlegen. Das war nachts ziemlich unangenehm, ich hatte keine Lust, alle paar Stunden raus zu gehen um Holz nachzulegen. Der Heizungsraum war von innen nicht zugänglich. Zudem gab es in meinem Schlafzimmer keine Heizung. Dort gab es früher wohl mal eine Fußbodenheizung, die aber nicht mehr funktionierte. Es wurde nachts ziemlich kalt und es war mühsam, ständig mit der Karre Nachschub an Holz zu holen.

Ich besorgte mir zeitnah eine elektrische Motorsäge, nur für den Fall, dass ich mir das Holz selbst sägen müsste. Mein Vertrauen in Ole hielt sich bereits in Grenzen.

In Friedland war die Heizung mal ausgefallen. Sie war auf Störung gegangen und ließ sich nicht wieder anstellen. Natürlich auch mitten im Winter. Ole kam am nächsten Tag. Eine Düse war kaputt. Ole hatte sicherheitshalber eine Ersatzdüse mitgebracht, die aber nicht ganz passte. Er war der Meinung, dass das ohne Bedeutung wäre. Das war eh immer einer der meistgehörten Sätze von ihm. „Das hat keine Bedeutung, Anna." Ole stellte die Heizung wieder an und fuhr wieder zurück nach Polen.

Als ich am nächsten Morgen von der Arbeit kam, stieg schwarzer Rauch aus dem Schornstein. Ich stellte die Heizung sofort aus. Zum Glück befand sich der Notschalter ganz oben an der Treppe und ich rief Ole an. „Das hat keine Bedeutung, Anna." Ich sollte die Heizung ruhig wieder anstellen. Also stellte ich wieder an.

Der schwarze Rauch wurde mehr, gegen Abend begann es im Haus zu riechen. Ich öffnete die Kellertür und schwarzer Qualm kam mir entgegen. Ich drückte den Notschalter der Heizung und schloss die Tür.

Ich rief Ole nicht an, sondern Katharina. Ich erzählte ihr kurz von meinem Problem und sie gab mir ihren Mann ans Telefon.

Kim war der Meinung, dass es wahnsinnig gefährlich wäre und ich solle am nächsten Morgen sofort einen Monteur anrufen, egal was Ole dazu sagen würde. Ich rief Ole dann doch am nächsten Morgen an und teilte ihm mit, dass ich einen Monteur anrufen würde.

Der kam dann auch noch am selben Tag. Ich ging mit ihm in den Keller und sah erst jetzt das ganze Ausmaß. Der komplette Heizkessel war schwarz und es war inzwischen natürlich mehr kaputt als nur die Düse. „Da hatten sie aber Glück", meinte der gute Mann. Ein paar Stunden mehr und ihnen wäre das ganze Ding um die Ohren geflogen.

So wurde meine neu erstandene Motorsäge auch bald zu meinem Freund. Als das Holz zur Neige ging, versprach Ole ganz schnell zu kommen, er hatte viel Holz für mich in Polen liegen. Aber es dauerte. Zum Glück lag überall auf dem Hof altes Holz herum das ich zersägen konnte. Der alte Zaun an der Straße musste allerdings auch dran glauben. Wenn ich gegen etwas allergisch war, dann war es eine kalte Wohnung. Ich zersägte alles, was ich finden konnte und sich verbrennen ließ. Alte Zaunpfähle sammelte ich von den Koppeln und brachte sie zum Trocken in die Scheune.

Der erste Winter ging vorbei, Ole wollte mit der Renovierung beginnen. Aber irgendwie hatte er keine Zeit oder er war wieder einmal krank. Überhaupt nahm er ständig Antibiotika, weil er Probleme mit seiner Lunge hatte. Ich sagte ihm oft, dass er eine Maske tragen müsste, wenn er mit Staub oder anderem Schmutz arbeiten würde. Aber er bestand darauf, dass das damit nichts zu tun hätte. Er war sich sicher, dass er wegen mir ständig krank werden würde. Unsere Bakterien würden nicht zusammenpassen. Er wäre nur krank, wenn wir zusammen gewesen waren. Aber er würde mich lieben und nicht darauf verzichten wollen. Wieder einmal war ich schuld. Als ich ihm am Telefon mal sagte, dass ich gerne einige Tage mit ihm in den Urlaub fahren würde, hatte er gemeint, dass es unmöglich wäre, er müsse dann ja einen ganzen Koffer voll Antibiotika mitnehmen. Er hatte es als Scherz gemeint, aber wie sehr er mich damit verletzt hatte, war ihm nicht klar. Ich hatte ihm daraufhin geantwortet, dass ich keine Lust mehr hätte mit ihm zu sprechen, und legte den

Hörer auf. Er versuchte dann mich einige Male wieder anzurufen, aber ich ging nicht mehr ran. Ole´s Scherze waren manchmal zu verletzend.

Im April rief meine ältere Schwester an. Meine Mutter hatte sie früh am Morgen angerufen, es ging ihr schlecht. Sie war inzwischen 88 Jahre alt und bisher relativ fit. Nur ihr Rücken machte ihr oft wegen der Osteoporose Probleme. Nun bestand allerdings der Verdacht auf einen Hinterwandinfarkt. Selma rief sofort den Notarzt und fuhr zu ihr. Meine Mutter kam sofort ins Krankenhaus, der Verdacht bestätigte sich aber nicht. Sie hatte ein Aneurysma im Brustbereich, es bestand Lebensgefahr. Eine Operation wollte sie nicht. Die Ärzte machten uns wenig Hoffnung, wenn die Blutung nicht von alleine zum Stillstand käme, könnten sie nichts mehr für sie tun. Selma blieb bei ihr, meine jüngere Schwester Silka und ich wechselten uns mit den Besuchen ab. Ihren Hund nahm ich mit zu mir, er war ihre größte Sorge. Sie hatte ihn Jahre zuvor aus dem Tierschutz bekommen und er war ziemlich speziell, um es milde auszudrücken, aber er liebte meine Mutter und war echt ein schlaues Kerlchen. Als sie im Winter bei Schnee gestürzt war und nicht mehr aufstehen konnte, riss er sich von der Leine los und bellte so lange vor der Terrassentür der Nachbarin, bis diese vor die Tür kam und dem Hund folgte. Sie half meiner Mutter auf und brachte sie ins Haus.

Trotz der Befürchtungen der Ärzte erholte sich meine Mutter wieder, und kam nach etwas über einer Woche wieder nach Hause. Selma blieb bei ihr wohnen, sie war gelernte Altenpflegerin und in Frührente.

Als Ole davon hörte, kam er mit Piotr, seinem polnischen Arbeiter und renovierte das Bad in der zweiten Wohnung.

Sie machten einen Durchgang vom Schlafzimmer direkt in das Bad, so hatte meine Mutter keine langen Wege zur Toilette. Und es ging flott voran. Nach gut drei Wochen zog meine Mutter zu mir in die zweite Wohnung. Dank Physiotherapie erholte sie sich relativ schnell und war bald wieder in der Lage, kurze Strecken zu gehen. Ihr Hund zog wieder bei ihr ein, konnte sich aber auf dem Hof frei bewegen und hatte endlich genügend Auslauf.
Ole hatte in der Zwischenzeit auch einige seiner Stuten gebracht. Sie waren tragend und sollten ihre Fohlen in Deutschland bekommen. So führte der Weg meiner Mutter oft zur Pferdekoppel und sie blühte wieder auf.
Piotr bekam den Auftrag, noch einige alte Schuppen vor dem Haus abzureißen, aber damit war die „Renovierung" dann auch beendet.

Im Sommer kam der Verband um die Fohlen zu beurteilen, zu chippen und die Pässe auszustellen. Ich hatte den Hof aufgeräumt um auch ein angenehmes Umfeld zu schaffen, Ole brachte einen Grill, Fleisch, Brot und Salate mit. Und jede Menge Bier natürlich. Ich hatte im Dorf eine Einladung ausgehängt, Ole wollte, dass auch Leute aus der Nachbarschaft kommen sollten. Er wollte sich im Dorf bekannt machen.
Und er kam natürlich nicht allein. Edith kam mit und ließ es sich nicht nehmen, die perfekte Gastgeberin zu sein. Sie stellte sich in ihrer liebenswerten und sympathischen Art vor, bat jedem Interessierten an, das Haus zu zeigen und erzählte aus Polen. Sie war an Oles Seite, ich war das Stallmädchen und wieder mal wahnsinnig enttäuscht von Ole. Es war für jeden ganz offensichtlich, dass Edith zu Ole gehörte, auch wenn sie keine Nähe zeigten.
Ihr Auftritt ließ keinen Zweifel daran.
Ich war froh, als der Tag vorbei war und Ole und Edith wieder abfuhren. Ich mochte Edith wirklich gerne, aber sie

nahm mir das Zepter völlig aus der Hand. Schließlich wohnte ich dort und nicht sie. Aber es war eben auch Oles Eigentum.

Dann bekam Ole mächtig Probleme mit dem Finanzamt in Polen und auch in Deutschland. Er hatte den Hof in Friedland keine 10 Jahre gehabt, es fehlten 5 Monate. Damit fiel er noch in die Spekulationssteuer und nun sollte er fast 100.000,- Euro Steuern zahlen. Gleichzeitig machte das Finanzamt in Polen seine Konten dicht, warum wurde mir nie ganz klar. Irgendwie hatte Ole sich wohl völlig verspekuliert. Um den Hof in Beerendorf nicht zu verlieren, verpfändete er ihn an Edith. Ich war stinksauer als ich davon erfuhr. Er hatte mir gesagt, dass er diesen Hof nur für mich gekauft hätte, er wollte, dass ich dort glücklich werde. Und nun gehörte er seiner Freundin, mit der er zusammen lebte und die von unserem Verhältnis nichts wusste. Das hätte ökonomische Gründe, meinte er.

Und er brachte Pferde, viele Pferde.

Er wollte sie in Sicherheit bringen, wenn sie gepfändet worden wären, wären sie an irgendwen verkauft worden. Dass Ole selbst viele seiner alten Stuten zum Schlachter hat bringen lassen, um noch Geld aus ihnen zu ziehen, erfuhr ich erst viel später. Ich war schockiert.

Über Winter hatte ich plötzlich 20 Pferde auf dem Hof zu versorgen, nebenbei arbeiten war nicht mehr möglich. Ich lebte vom Geld meiner Mutter, die für ihre Wohnung natürlich auch Miete bezahlte. Meine Miete stellte ich ein, ich verdiente ja nichts mehr. Ich war den ganzen Tag damit beschäftigt, die Stallungen sauber zu bekommen, den Pferden Heu zu bringen, denn die Wiesen reichten bei weitem nicht aus, auch im Sommer nicht. Einige der Pferde konnten wir in Deutschland verkaufen, aber es rückten dann andere aus Polen nach. Mir taten die Pferde entsetzlich leid, aber so hatte ich es mir nicht vorgestellt. Es ging ihnen gut bei mir, und ich liebte die Arbeit mit ihnen, aber es war einfach viel zu viel. Zwischendurch musste ich ja auch noch für Holz sorgen, um den Ofen am Laufen zu halten. Meine Mutter hatte zum Glück einen Pelletofen eingebaut bekommen, so dass es bei ihr immer schön warm war. Sie sagte oft, ich solle Essen auf Rädern bestellen, aber das Essen mochte ich nicht. Irgendwie ging es dann auch so. Wenn ich Ole um Hilfe bat, war er zu krank. Dass er ständig unter Schmerzen litt, wusste ich, aber es hätte mir schon gereicht, wenn er öfter gekommen wäre und sich nur um das Essen gekümmert hätte. Das tat er auch manchmal, aber eben viel zu selten.

Und ich hatte keine Lust mehr mit ihm die Nacht zu verbringen, da halfen auch seine Liebesschwüre wenig. Ich war einfach kaputt von der Arbeit und enttäuscht wegen Edith. Sein „aber eigentlich gehöre ich zu dir, Anna", half mir da auch nicht weiter. Ich verstand einfach nicht, warum er nicht zu mir stand. Ich machte doch wirklich alles für ihn. Selbst seine Buchführung hatte ich schon längst übernommen.

Zu meinem Geburtstag war er bisher nicht ein einziges Mal gekommen, er rief an, um mir alles Gute zu wünschen, das musste reichen. Er lud mich nur noch selten zum Essen ein, Geschenke gab es nie. Weder zum Geburtstag, noch zu Weihnachten. Ich war oft enttäuscht darüber, dass Ole sich so überhaupt keine Mühe mehr gab. Ich war für ihn zur Selbstverständlichkeit geworden.

Dann kam der Morgen, als es mir wie Schuppen von den Augen fiel.

Hatte David nicht immer wieder gesagt, dass es in unserem Leben immer nur um uns selbst ging? Das wir selbst lernen sollten, das andere uns nur ständig einen Spiegel vorhalten würden?

Ich war Ole nicht begegnet damit er eine zweite Chance bekommen konnte, es besser zu machen. Mein Ego hatte es ihm großzügig eingeräumt, aber gerade dieses Ego machte mir ja die Probleme. Ich war ständig sauer auf Ole, weil er sich nicht so verhielt, wie ich es gerne hätte. Ich wollte dass er zu mir stand, aber das würde er nie tun. Das wurde mir an diesem Morgen plötzlich klar, und auch das es darum gar nicht ging. Ole machte mit seinem Verhalten, wenn auch unbewusst, alles genau richtig. Er gab mir die Gelegenheit, es besser zu machen als im letzten Leben.

Ich war damals eine verbitterte alte Frau geworden, die anderen Frauen ihre Kinder aus dem Leibe trieb, weil der Vater meines Kindes nicht zu mir stand und mir das Kind fortnahm. Ole und ich würden nie ein Kind zusammen haben, soviel war klar, aber er stand wieder nicht zu mir. Und ich war auf dem besten Weg, wieder in diese verbitterte Rolle zu verfallen. Als mir das klar wurde, änderte sich auch die Beziehung zu Ole. Ich konnte sein Leben mit Edith akzeptieren und wollte die Herausforderung in dieser Beziehung zu ihm annehmen.

Soweit so gut, aber in der Realität sah es dann doch oft anders aus.

Ole hatte im Obergeschoss, das über eine Treppe in meinem Wohnzimmer zu erreichen war, ein eigenes Zimmer. Dahin zog er sich oft zurück, auch nachts, wenn er lieber alleine schlafen wollte. Als er einen Arzttermin in Deutschland hatte, kam er mit Edith. Sie hatte ihn gefahren, Ole fühlte sich nicht gut. Nach dem Termin kamen sie wieder zum Hof, und Ole wollte sich gerne hinlegen. Ich bot Edith einen Tee an, aber sie wollte sich lieber zu Ole legen und sich auch etwas ausruhen. Ich war wütend, wütend auf Ole, weil er wieder scheinbar überhaupt keine Ahnung hatte, wie ich mich in dieser Situation fühlte. Hätte er nicht einfach wieder nach Polen fahren können, statt mich wieder solch einer Situation auszusetzen? Natürlich machte ich ihm keine Szene, nicht vor Edith und auch später nicht. Ich ging raus an meine Arbeit, ließ mich nicht mehr blicken. Zwei Stunden später waren sie wieder auf dem Weg nach Polen. Ole rief am Abend an, ich ging nicht ans Telefon und auch die Tage danach war ich für ihn nicht mehr erreichbar. Ich wollte, dass er litt, so wie ich ständig. Nach 4 Tagen bekam ich von Edith eine Mail. Ob alles in Ordnung wäre, wollte sie wissen. Ole müsse mich dringend sprechen und er könne mich nicht erreichen. Ich antwortete nicht darauf. Am nächsten Tag klingelte mein Handy mit einer Nummer die ich nicht kannte. Ich ging ran, es war Piotr, Ole wolle mich sprechen. Sie waren auf dem Weg nach Deutschland.

Ole war ziemlich aufgelöst, als sie ankamen und es tat mir gut, ihn so zu sehen. Das hatte wohl gesessen. Natürlich versöhnten wir uns wieder mal, wir sprachen am Abend in Ruhe darüber, er wusste nicht, wie sehr mich sein Verhalten verletzt hatte. „Sie liegt ja nicht in meinem Arm, Anna", das hatte ich schon einmal gehört. Außerdem schliefen sie ja in Polen auch in einem Bett.
Schlimm genug, fand ich, aber dort sah ich es jedenfalls nicht.

Ich dachte oft an eine Trennung von Ole, aber ich sehnte mich auch nach Zuwendung, ich wollte geliebt werden.
Als Kind fühlte ich mich oft überflüssig. Wir waren sieben Kinder, meine Mutter hatte immer gearbeitet, die älteren Geschwister passten auf uns jüngere auf und wir wurden praktisch von ihnen erzogen. Viel Liebe gab es da nicht.
Kurz vor ihrem Tod erzählte meine Mutter, dass sie uns drei letzten Kinder gar nicht mehr wollte. Aber eine Abtreibung war damals noch zu riskant, sonst wären wir gar nicht mehr

geboren worden. Ich war ziemlich geschockt damals, aber das erklärte mein Gefühl in der Kindheit, nicht wirklich gewollt zu sein. Ich fühlte mich immer irgendwie nicht zugehörig.

Vielleicht war das auch mit ein Grund, warum ich es so lange bei Hugo aushielt. Lieber wenig Zuwendung als gar keine.

David hatte mich mal gefragt, ob ich mich selbst lieben würde. Wenn ich das täte, würde ich sie im Außen nicht suchen müssen.
Aber ich suchte sie ständig außerhalb von mir, in der Hoffnung, sie dann auch in mir finden zu können. Ich wollte, dass mir jemand zeigte,wie es ging mich zu lieben. Dass es so nicht funktionierte, verstand ich einfach nicht.

Irgendwie schaffte Ole es immer wieder mich davon zu überzeugen, dass er es ehrlich mit mir meinte. Und ich wollte ja auch lernen, lernen mit der Situation umzugehen, ohne in Verbitterung zu verfallen.
Allerdings dachte ich in dieser Zeit auch viel zu oft wieder an David. An seine Umarmung, die einer Verschmelzung zweier Körper gleichkam. Mit Ole hatte ich dieses Gefühl nie. Ich wusste immer wo mein Körper endete und seiner begann, und auch wessen Herz schlug konnte ich genau unterscheiden. Das war bei einer Umarmung mit David nie möglich gewesen.
Auch war meine Liebe zu Ole deutlich entspannter, es gab dieses Verlangen, das ich bei David hatte, nicht. Ich verzehrte mich nicht nach ihm, sehnte mich aber nach seiner Zuwendung. Und ich konnte mit Ole lachen, ein Zustand den ich mit Hugo nie erlebt hatte. Für Hugo war Humor ein Fremdwort und alles was Spaß machte, war für uns verboten. Die gemeinsamen Stunden die Ole und ich

hatten, waren immer humorvoll, und selbst bei den gemeinsamen Arbeiten hatten wir Spaß.

Ole freundete sich mit Holger an, der sein Haus mit seiner Werkstatt direkt hinter der großen Scheune auf dem Hof hatte.
Ole verbrachte von nun an viel Zeit dort. Holger kam rüber, sobald er Oles LKW hörte. Sie halfen sich gegenseitig, Ole fällte bei Holger Bäume, und Holger half Ole beim Reparieren seiner alten Autos und Trecker, die inzwischen Einzug genommen hatten.
Der Hof glich nach einigen Wochen einem Schrottplatz. Von den gepflanzten Blumen war nichts mehr zu sehen, und die Sitzecke wurde von Maschinenteilen und Handwerkszeug belagert.
Wenn Ole auf dem Hof war, hatte er immer etwas zu tun, nur eben nicht im oder am Haus. Ich machte es mir trotzdem, so gut es ging, im Haus gemütlich, strich die Wände einfach über und sorgte für frische Farben.
Auch hatte er es sich zur Angewohnheit gemacht, alles stehen und liegen zu lassen, wenn er wieder abfuhr. Also räumte ich weg, was wegzuräumen war. Ich entsorgte seine leeren Bierdosen, die auf dem Hof verteilt lagen und brachte seine Werkzeuge wieder an ihren Platz in der Garage. Sich darüber zu ärgern machte keinen Sinn, Ole war halt Ole. Ob er sich in Polen wohl auch so verhielt? Jedenfalls war klar, dass ich niemals mit Ole würde zusammen leben wollen. Es war erträglich, ihm seine Sachen hinterher zu räumen, er war ja nie lange da. Und ich half ihm ja eigentlich auch gerne, aber tagtäglich? So stellte ich mir eine Beziehung nicht unbedingt vor. Und es ärgerte mich manchmal, dass Ole so viel Zeit bei Holger verbrachte. Oft saßen sie stundenlang in seiner Werkstatt, tranken Bier und diskutierten über Politik und alles

Mögliche. Ich war draußen mit seinen Pferden beschäftigt und musste zusehen, wie ich die Arbeit alleine schaffte. Wenn er dann spät am Abend wieder rüber kam, war er angetrunken und machte seine Späße, die allerdings dann oft die Humor-Grenze bei mir überschritten. Allerdings verstand er nicht, warum ich dann keine Lust auf ihn hatte und wurde oft sehr zudringlich. Es gab dann Stress, und irgendwann gab er dann auf und verschwand nach oben in sein Zimmer.

Ein alter Bekannter, Hans aus dem Nachbardorf, ließ sich öfter blicken. Er war Landwirt und bot mir seine Hilfe an. Die wollte ich nicht, aber Hans machte mir ganz offensichtlich den Hof.
Ich scherzte gerne mit ihm, immerhin kannte ich ihn seit fast 20 Jahren, und seine Kinder waren früher öfter mal zum Reiten bei mir.gewesen. Inzwischen war er geschieden und suchte eine neue Frau. Wir würden sehr gut zusammen passen, meinte er.
Da war ich jedoch ganz anderer Meinung, er mochte keine Katzen, das alleine hätte schon gereicht. Aber er vertrat auch die Meinung, dass Tiere und die Natur unter dem Menschen stehen würden, und damit konnte ich überhaupt nicht umgehen.
Trotzdem ging er bald bei mir ein und aus, holte sich regelmäßig einen Kaffee bei mir ab und bot mir ständig seine Hilfe an. Meine Mutter, der ich davon erzählt hatte, vertrat die Meinung, ich solle ihn doch erhören. Ein Landwirt sei eine gute Partie, ich hätte dann Ställe und Weide für meine Pferde und ansehnlich und vom Alter her passend wäre er ja auch. Das war typisch für sie.
Hauptsache, Frau ist versorgt.

Als Hans meinen alten Trecker, den ich seit Jahren besaß, reparieren wollte, stimmte ich erst zu. Ich wollte, dass der alte Fendt wieder lief, ich konnte ihn gut brauchen auf dem Hof. Ole wollte da seit langer Zeit schon bei, aber die Hoffnung hatte ich inzwischen aufgegeben.

Hans brachte einen jungen Mann mit, der helfen sollte. Er selbst hatte nicht wirklich Ahnung, aber er wollte den jungen Mann, der auch für ihn arbeitete, selbst bezahlen. Ich lehnte ab, es war gar nicht viel daran zu tun, nur einige Schläuche, die erneuert werden mussten. „Anna, ich repariere dir den Trecker und dafür gehst du endlich mit mir in die Kiste." Das meinte Hans nicht im Spaß, es war sein voller Ernst. Er hätte jetzt genug gebaggert und ich wolle das ja schließlich auch, meinte er. Seine Exfrau war Psychologin, er hätte sich einiges abgeguckt und meine Körpersprache analysiert. Die war eindeutig für ihn.

Ich gab dem jungen Mann sein Geld und schickte Hans vom Hof. Er kam nur noch wenige Male, machte aber keine Anstalten mehr, mir zu nahe zu treten.

Ein Hobbypsychologe hatte mir gerade noch gefehlt. Ich trug im Sommer gerne kurze Hosen, es war einfach bequemer, aber anmachen wollte ich damit ganz gewiss niemanden.

Ole hatte einen Termin bei seinem Steuerberater, den ich ihm besorgt hatte. Wir waren den ganzen Vormittag dort, und ich hing entsprechend mit meiner Stallarbeit hinterher. Ich war noch nicht fertig, als Ole in den Stall kam und meinte, dass Holger uns zum Grillen eingeladen hätte. Wir sollten in einer halben Stunde rüber zu ihm.

Das war unmöglich für mich zu schaffen, das sagte ich Ole auch. Er blieb entspannt, er wollte dann duschen gehen und schon voraus gehen. Ich sollte nachkommen, wenn ich fertig wäre. Er würde Holger sagen, dass ich später komme. Ich brauchte mindestens noch eine Stunde im Stall, danach müsste ich mich noch waschen und umziehen. Auf die Idee, mir zu helfen, kam Ole gar nicht.

Ich war wütend, wieder einmal. Den halben Tag hatte ich für ihn geopfert und nun ließ er mich hängen und ging seelenruhig zu Holger rüber zum Grillen. Ich war mit der Arbeit wieder einmal alleine, dabei waren es seine Pferde, nicht meine. Die Stuten mit den Fohlen mussten nachts in die Boxen. Meine blieben draußen und machten kaum Arbeit. Und ich hatte ja inzwischen nur noch meine drei Ponys. Ich war wütend, enttäuscht und verletzt. Ole behandelte mich immer öfter wie sein Stallmädchen, zu dem er nach der Arbeit unter die Bettdecke kroch. Ich ging nicht mehr zu Holger an diesem Abend, es wäre ohnehin viel zu spät geworden.

Im August bückte meine Mutter sich um ein Taschentuch aufzuheben, als es in ihrem Rücken furchtbar krachte. Sie legte sich hin, hatte starke Schmerzen und kam nicht mehr hoch. Die Ärztin gab ihr Schmerzmittel, aber sie halfen nicht wirklich.
Nach ein paar Tagen konnte ich meine Mutter dazu überreden, doch ins Krankenhaus zu fahren, um der Sache auf den Grund zu gehen. Als der Rettungswagen kam um sie abzuholen, tat sie mir entsetzlich leid. Sie war immer eine sehr starke Person, aber jetzt hatte sie Angst, dass sie das Krankenhaus nicht wieder verlassen würde.
Ich fuhr hinterher, es wurde geröntgt und dabei stellte man fest, dass zwei ihrer Rückenwirbel gebrochen waren. Sie sollte einige Tage dort bleiben, um sie auf die richtigen Schmerzmittel einzustellen.
Nach vier Tagen sprach mich eine Ärztin an, ich solle für meine Mutter einen Platz im Pflegeheim besorgen. Sie wäre sehr aggressiv, und es wäre nicht zumutbar, sie zuhause zu pflegen. Angeblich hätte meine Mutter die Schwestern beschimpft und wäre zu keinerlei Mitarbeit bereit. Meine Mutter war immer sehr direkt und nahm auch kein Blatt vor

den Mund, aber solch ein Verhalten kannte ich von ihr nicht und das sagte ich der Ärztin auch.

Es stellte sich dann heraus, dass sie die Medikamente nicht vertrug und fast ein Nierenversagen hatte. Und sie bekam ihr Essen auf den Tisch gestellt, ebenso die Getränke, niemand kümmerte sich darum, es ihr so zu geben, dass sie es erreichen konnte. Die kurze Besuchszeit reichte nicht aus, um sie ausreichend zu versorgen. „Anna, hol mich hier raus, die bringen mich hier um!" Leider hatte ich dasselbe Gefühl.

Meine Schwester Selma leitete dann alles in die Wege, wir brauchten ein Krankenbett, einen Toilettenstuhl und diverse andere Hilfsmittel. Der Pflegedienst sollte ab sofort zwei mal am Tag kommen. Zum Glück hatte meine Mutter eine gute Rente, denn die Pflegestufe für sie wurde ständig abgelehnt. Ich wäre dem gar nicht gewachsen gewesen, aber Selma hatte Haare auf den Zähnen und machte immer wieder Dampf.

Am 18. September, dem 90. Geburtstag meiner Mutter, brachte der Rettungswagen sie wieder nach Hause. Aber sie hatte schrecklich abgebaut und keine Kraft mehr. Die Ärzte hatten, wie sie mir sagten, sie zum Sterben nach Hause entlassen. Es wäre ihnen lieber gewesen, wenn wir sie sofort in einem Heim untergebracht hätten. Selma zog bei meiner Mutter ein, so war ich entlastet. Sie hatte schon länger kein Tag und Nachtgefühl mehr und rief oft mitten in der Nacht nach mir.

Wir waren mit einem Babyfone verbunden.

Ich sollte dann die Vorhänge öffnen und Licht reinlassen. Wenn ich ihr dann sagte, dass es zwei Uhr nachts sei, entschuldigte sie sich und sagte mir, ich solle wieder in mein Bett gehen. Ohne Selma hätte ich es niemals geschafft, meine Mutter im Haus zu belassen. Sie sagte zwar öfter, sie mache uns zu viel Arbeit und wir sollten sie doch einfach in ein Heim geben, aber ich glaubte nicht, dass sie es wirklich erst meinte.

Ole bat ich, einige seiner Pferde wieder nach Polen zu nehmen, damit ich mehr Zeit für meine Mutter hätte. Selma musste ja zwischendurch auch nach Hause und hatte Termine. Und bei Ole hatte sich die Lage inzwischen etwas entspannt. Er versprach, ganz schnell einige Boxen zu bauen und einige der Pferde zu sich zu holen.

Es blieb bei dem Versprechen, immer wenn ich ihn darauf ansprach, waren die Boxen noch nicht ganz fertig, aber er wolle sich beeilen damit. In Wirklichkeit hatte er nie damit begonnen, wie ich später erfuhr.

Als ich ihn einmal bat, nach Beerendorf zu kommen, weil Selma für zwei Tage weg musste, hatte er wieder keine Zeit.

Meine Mutter hatte Angst, sie konnte jetzt ganz schlecht alleine sein und ich brauchte Ole eigentlich nur, um mir Bescheid zu geben, wenn sie nach mir rief. Bis zum Stall reichte das Babyfone nicht aus.

Aber Ole kam nicht. Ich lief also zwischen Stall und der Wohnung meiner Mutter im Viertelstunden Takt hin und her.

Ich war froh, als Selma wieder zurück war, aber ich hätte gerne auch viel mehr Zeit mit ihr und meiner Mutter verbracht. Die kurze Zeit, die wir abends hatten, reichte mir einfach nicht.

Im Dezember stellte meine Mutter das Essen ein, sie wollte nicht mehr. Ich wollte bei ihr sein, aber draußen hatte ich fast 20 Pferde zu versorgen und war allein mit der Arbeit.

Ole kam alle zwei Wochen, fragte nach meiner Mutter, aber besuchte sie nicht mehr. Ich sehnte mich danach, in den Arm genommen zu werden, etwas Halt zu finden, aber Ole sah es als Aufforderung fürs Bett.

Er tickte so ganz anders als ich, und es wurde immer offensichtlicher, dass wir eigentlich gar nicht zusammen passten. Ich dachte oft an David, mit ihm hätte ich reden können, bei ihm hätte ich Halt gefunden.

Am 24. Dezember gegen Mitternacht schlief meine Mutter für immer ein.

Durch die Zeit, die sie bei mir war und die abendlichen Gespräche wurde mir klar, warum sie so war.

Sie hatte eine lieblose Kindheit, litt unter ihrer herrischen Mutter, war in eine Ehe geflüchtet mit einem Mann, der sie belog und betrog und nach dem Krieg im Gefängnis landete. Von den beiden Söhnen, die aus der Ehe hervorgingen, blieb der ältere bei den Schwiegereltern, der jüngere bei ihren Eltern. Nach ihrer Scheidung lernte sie meinen Vater kennen, der ebenso wie sie eine lieblose Kindheit erfahren hatte und das Gefühl willkommen zu sein nicht kannte. Aber im Gegensatz zu meiner Mutter wollte mein Vater immer eine große Familie haben. Meine Mutter erzählte, dass sie nach den ersten vier Kindern mit ihm eigentlich keine weiteren mehr wollte. Das Geld reichte immer nicht aus, sie wollte wieder arbeiten und verreisen. Sie wollte andere Länder kennenlernen. Als mein Vater noch zur See fuhr, nahm sie immer ihren Atlas und zog eine rote Linie entlang der Route, die er fuhr.

Nach den vier Kindern hatte sie einige Fehlgeburten, danach bekam sie weitere drei Kinder. Zuerst mich, dann meine Schwester Silka und unseren kleinen Bruder.

Das Risiko für eine Abtreibung war damals zu groß, meinte sie, die Pille gab es noch nicht. Meine Mutter war einfach müde geworden, bei meiner Geburt war sie immerhin auch schon vierzig Jahre alt. Im Gegensatz zu ihr ging mein Vater in seiner Vaterrolle auf. Er freute sich über jedes Kind, aber er hatte auch immer seine Hobbys, er spielte regelmäßig Skat, dabei floss wohl auch viel Alkohol, und er

war als Ausbilder für Schutzhunde fast jedes Wochenende auf dem Hundeplatz.
Meine Mutter hatte uns Kinder, jede Menge Wäsche und ging später doch nebenbei noch arbeiten. Da war keine Zeit für liebevolle Zuwendung.

Es änderte sich etwas, als sie ein eigenes Haus bauten und wir umzogen in ein kleines Dorf. Es war der Traum meines Vaters gewesen, dort zu bauen, er war als Kind oft dort gewesen.

Meine ältere Schwester sollte nachmittags auf uns aufpassen, wenn unsere Eltern beide arbeiten mussten. Britta hatte schnell Freundinnen gefunden, mit denen sie sich nachmittags traf. Da bei uns ja sturmfreie Bude war, traf sie sich mit ihnen bei uns im Haus. Wir Kleinen wurden von ihr ausgesperrt. Wir mussten bis um vier Uhr warten, dann schloss sie die Haustür für uns auf und ließ uns rein. Wir hatten Hunger und Durst, mussten auf die Toilette, aber Britta bestand darauf, dass wir erst aufräumen sollten. Wir hatten eine halbe Stunde, dann würden unsere Eltern nach Hause kommen und es musste sauber sein. Ich wagte einmal mich zu beschweren, weil sie Cola tranken, Chips aßen und rauchten, und wir Hunger hatten und nichts bekamen, aber ihren Schmutz aufräumen mussten. Britta, die ja fünf Jahre älter war als ich, zog mir das feuchte Geschirrhandtuch durch das Gesicht und drohte mir Prügel an, wenn ich auch nur ein Wort sagen würde.
Ich tat es nicht, aber irgendwann flog es doch auf, und Britta bekam mächtig Ärger. Und sie musste gleich nach der Schule eine Ausbildung als Hauswirtschafterin beginnen und wohnte an den Wochentagen auch dort. Allerdings wurde sie während der Probezeit auch wieder entlassen, aber kurze Zeit später kam dann ja Hugo in unser Leben.

Wenige Jahre nachdem wir in unser Haus zogen, starb mein Vater. Meine Mutter war mit uns drei Jüngsten allein, das Haus noch lange nicht abbezahlt, aber irgendwie schaffte sie es, das Haus zu halten und auch die Pferde konnten wir behalten, die sie und mein Vater für uns angeschafft hatten. Aber ich glaube sie hatte bis zu ihrem Tod meinem Vater nicht verziehen, sie allein gelassen zu haben mit all den Sorgen und den Kindern. Als Selma ihr an einem Abend sagte, dass Papi sie sicherlich abholen würde, wenn ihre Zeit gekommen sei, sagte sie, dass sie keinen Wert darauf legen würde. Und ihre Mutter wollte sie schon gar nicht wiedersehen. Sie war verbittert, aber Selma und ich verstanden durch diese Gespräche zumindest den Hintergrund ihrer mangelnden Zuwendung, die wir als Kinder spürten. Wobei sie ihren Enkelkindern deutlich mehr Liebe schenken konnte als uns. Besonders Katharina hatte sie in ihr Herz geschlossen. Aber ihre Enkelkinder konnte sie auch lieben, ohne die Verantwortung für sie zu haben, und als wir erwachsen waren, war sie uns gegenüber auch fürsorglicher geworden. Es gab immer Essen, wenn wir kamen und während meiner Ausbildung steckte sie mir Geld zu oder gab mir Lebensmittel für die Woche mit.

Ich hatte noch so viele Fragen an meine Mutter und sie fehlte mir. Ich wollte noch so vieles wissen aus ihrer Vergangenheit, aber wir hatten keine Zeit mehr.
Ole rief mich noch am 24. Dezember an um mir ein schönes Weihnachtsfest zu wünschen. Ich sagte ihm das meine Mutter im Sterben liegen würde, ich solle ihn anrufen, wenn etwas wäre, war seine Antwort.
Selma blieb noch die Weihnachtstage über und regelte alles. Ich hatte von diesen Dingen keine Ahnung, war überfordert und dankbar für ihre Unterstützung und Anwesenheit.

Mitte Januar, als meine Mutter im Wald ihre letzte Ruhestätte gefunden hatte, fuhr ich wieder regelmäßiger nach Hagen in den Zenkreis. Ich war ein gutes Jahr nicht mehr dort gewesen und genoss die Zeit jetzt, die ich dort in Meditation verbringen konnte. Und David traf ich auch ab und an dort. Wir sprachen nur wenige Sätze miteinander, aber saßen oft nebeneinander oder uns gegenüber, und es hatte sich an der Energie zwischen uns nicht viel geändert. Es war nicht mehr ganz so heftig wie früher, aber noch immer sehr angenehm und bereichernd.

Im März war die jährliche Sperrmüllabfuhr im Dorf, und Hans, der damals noch regelmäßig zu mir kam, half mir, die Wohnung meiner Mutter zu räumen und alles an die Straße zu stellen. Ihre Möbel waren alt und es machte keinen Sinn, sie aufzubewahren.

Ole hatte den Hof inzwischen an seinen Sohn verkauft, und um den Abtrag für die Bank zu sichern, wollten wir die Wohnung als Ferienwohnung anbieten.
Ich strich also die Wohnung neu, hängte neue Gardinen an und versuchte, die Wohnung nett zu gestalten. Ole brachte Möbel aus Polen mit, und ich stellte sie ins Internet. Es lief ganz gut, die Wohnung war günstig, und Kinder und Hunde ausdrücklich erlaubt. Damit hatten wir einen Vorteil gegenüber anderen Wohnungen.
Und ich ging wieder arbeiten. In Bellin, der nächsten Kleinstadt, wurde für einen Supermarkt eine Reinigungskraft gesucht. Die Anzeige stand schon häufiger in der Zeitung, was mich wunderte, aber ich rief bei der Reinigungsfirma an und bewarb mich. Ich hatte, als ich in Friedland war, bereits für sie gearbeitet und war dort noch bekannt. Gleich am nächsten Tag sollte ich beginnen und stand pünktlich um kurz vor sechs dort vor der Tür. Ich musste warten, wie alle anderen Angestellten auch, bis der

Filialleiter kam und uns die Tür aufschloss. Die Zeit war
eng bemessen, um kurz vor Acht mussten wir mit unserer
Arbeit fertig sein, da kam es auf jede Minute an.
Dadurch, dass wir erst um sechs Uhr in den Laden konnten,
fehlten uns die Minuten für die Vorbereitung. Ich sollte mit
der Maschine reinigen, meine türkische Kollegin reinigte
die WC´s und die Randbereiche. Sie sprach kaum deutsch,
war aber schon länger dort und schien mir nicht so
glücklich dort zu sein. Sie schimpfte oft vor sich hin, und es
dauerte nicht lange, bis ich wusste, warum.
In diesem Laden war eine miese Stimmung, die an den
Reinigungsfrauen ausgelassen wurde. Schon nach einer
Woche hatte ich schon keine Lust mehr, dort zu arbeiten, es
machte einfach keinen Spaß.
Der Hausmeister, der in meinen Augen ziemlich faul war
und uns so rein gar nichts zu sagen hatte, spielte sich auf
und glaubte, uns gängeln zu können. Meine Kollegin
kuschte, sie hatte wohl Angst um ihren Arbeitsplatz, aber
ich geriet schon nach wenigen Tagen mit ihm zusammen.
Er bediente sich in unserer Putzkammer, lieh sich
Reinigungsmittel, Handfeger und Besen aus und stellte
nichts zurück. Oft mussten wir morgens auf die Suche nach
unseren Utensilien gehen, und dabei saß uns die Zeit im
Nacken.
Bei nächster Gelegenheit griff ich mir den Mann und
stauchte ihn zusammen. Das verschaffte mir etwas Respekt
bei einigen, aber nicht bei allen.
Die Maschine, mit der ich morgens reinigen sollte, wurde
nachmittags öfter im Laden benutzt und mit dem
Schmutzwasser weggestellt und nicht an den Strom
angeschlossen. Der Akku war dann leer, die Maschine
völlig verschmutzt. Irgendwann reichte es mir, und ich
beschwerte mich bei dem Filialleiter. Er war sichtlich
genervt, meinte, er könne da auch nichts bei tun. Zur
„Belohnung" ging er dazu über, mir jetzt ständig seinen

Warenwagen in den Gang zu schieben, durch den ich gerade mit der Maschine fahren wollte. Und auch der nette Herr aus der Getränkeabteilung machte sich einen Spaß daraus, mit seinem Getränkewagen immer dann in den Gang zu fahren, wenn er mich mit der Maschine kommen sah.

Als es an einem Morgen durch das Dach am Eingang des Marktes regnete und ich den Filialleiter darauf hinweisen wollte; ich war mir sicher, dass der Hausmeister das nicht gesehen hatte, schnauzte er mich an was ich jetzt schon wieder von ihm wolle. Ich sagte ihm höflich, dass es vom Dach im Eingang tropfen würde, faltete danach den netten Herren aus der Getränkeabteilung zusammen, weil er mir grinsend seinen Wagen wieder vor die Nase gestellt hatte, und teilte ihm mit, dass er künftig seinen Dreck allein wegmachen solle.

Ich hatte nach knapp drei Monaten die Nase gestrichen voll von diesen Leuten und kündigte noch am selben Tag. Die drei Monate reichten mir.

Es waren noch immer viele Pferde auf dem Hof, die Jungpferde wurden aber inzwischen in einem Ausbildungsstall in der Nähe eingeritten und von dort aus verkauft. Das ging einige Jahre gut. Ich fuhr regelmäßig in den Stall und schaute nach ihnen. Ole hatte auch seinen Hengst dort eingestellt, und er sollte dort in den Deckeinsatz gehen und auch die Stuten, die bei mir untergebracht waren, wurden dort gedeckt.

Zur Beurteilung der Fohlen brachten wir die Stuten mit den Fohlen dort unter. Alles lief gut, bis das Personal dort wechselte.

Es wurde ein neuer Bereiter eingestellt, der keine gute Hand für Jungpferde hatte. Er machte den jungen Pferden viel zu viel Druck, schnallte sie eng ein und nahm ihnen damit die Möglichkeit, ihr Gleichgewicht zu finden.

Als ich an einem Vormittag in den Stall fuhr, um nach den Jungpferden zu schauen, wurde gerade ein Pferd in der Halle an der Longe „gearbeitet". Ich schaute kurz hinein, und mir schnürte sich der Magen zu. Da war ein junges Pferd gesattelt, die Zügel so kurz an den Sattel gebunden dass das arme Pferd an der Longe umzufallen drohte. Es konnte so nicht im Kreis laufen und versuchte seitlich auszubrechen, um nicht hinzufallen, und wurde mit der Peitsche gestraft. Nicht zum ersten Mal, wie dem Pferd anzusehen war. Ich war schockiert, wollte gerade gehen, als mir klar wurde, dass es eines unserer Pferde war.

Ich rief Ole an, erzählte ihm unter Tränen davon und bat ihn, die Pferde sofort dort aus dem Stall nehmen zu dürfen. Am nächsten Tag war ich mit meiner Schwester Silka dort und holte die beiden jungen Wallache ab.

Ich sprach mit dem Stallbetreiber, aber er hatte wenig Verständnis dafür. Er war ja auch kaum noch anwesend und hatte vermutlich keine Kenntnis davon, wie mit den jungen Pferden umgegangen wurde.

Im gleichen Jahr hatten wir auch viele Probleme mit den Pferden auf dem Hof.

Eine der Stuten brachte Zwillinge zur Welt, beide Fohlen wurden tot geboren.

Eine andere Stute brachte ihr Fohlen gesund zur Welt, aber mit der Stute stimmte etwas nicht. Ich rief den Tierarzt, der aber nichts feststellen konnte. Ich sprach mit Ole, erzählte ihm von meiner Sorge. Die Stute Fredericke lag zu oft, schaute manchmal so sehr in die Ferne, als würde sie in die andere Welt sehen. Ihr Fohlen vertraute sie oft ihrer Freundin an, auch das war sehr ungewöhnlich. Auch hatte ich oft das Gefühl, das Fredericke Bauchweh hatte. Der Tierarzt war fast Dauergast im Stall, ohne eine Diagnose zu stellen. Es ist alles gut, meinte er, gab Fredericke aber eine Aufbauspritze, wohl um mich zu beruhigen. Auch Ole nahm mich nicht ernst, ich mache mir immer zu viele Sorgen, meinte er.

Dann kam der Tag, an dem Fredericke in der Box auf dem Rücken lag. Ich rief einen anderen Tierarzt; Verdacht auf Darmverschluss, er wollte sie sofort einschläfern. Ich rief Ole an, er war wieder mal in Polen und konnte auch nicht kommen. Das Fohlen war gerade 5 Wochen alt, viel zu jung um ohne Mutter zu bleiben. Silka kam dann, und der Tierarzt spritzte Fredericke Morphium, weil ich darauf bestand, sie in die Tierklinik zu fahren. Er machte uns aber wenig Hoffnung, ihr Kreislauf war nicht mehr stabil genug. Ich wollte es nicht wahrhaben. Wir schafften es kaum bis zur Klinik, kurz vor Ankunft begann Fredericke im Anhänger zu scharren und legte sich ständig hin. Die Wirkung ließ nach.

Die Tierklinik war vom Tierarzt bereits informiert worden, sie wollten sofort operieren.

Silka und ich waren kaum wieder vom Hof, da erhielt ich den Anruf. Fredericke war gerade auf dem OP Tisch gestorben, sie konnten nichts mehr für sie tun.

Zuhause wartete ein 5 Wochen altes Fohlen auf die Rückkehr seiner Mutter.

Wir hatten Fohlenmilch aus der Tierklinik mitbekommen, aber der Kleine verweigerte die Milch. Ich ließ ihn zu seiner Tante in die Box, damit er nicht alleine war und gab ihm Bachblüten, die ihm helfen sollten seinen Kummer zu verarbeiten. Ich bat Ole zu kommen, schließlich hatte er mehr Erfahrung mit solchen Umständen. „Anna, es ist ganz schlecht, dass die Stute in der Klinik gestorben ist", meinte er. Ich hätte sonst das Euter abschneiden können und eine Zitze über den Nuckel der Flasche ziehen können. Dann hätte der kleine den Geruch der Mutter und würde die Flasche annehmen.

Ich war seit über 20 Jahren Vegetarier, konnte nicht einmal einen Fisch ausnehmen, und Ole kam mit so einer Aussage. Zeit zu kommen hatte er nicht, eine Ammenstute wollte er nicht, das Fohlen sollte den Stall nicht verlassen. Wenn es sterben würde, so sei es die Natur, meinte er. Ole liebte seine Pferde und behandelte sie immer gut, er sorgte immer für gutes Futter und erhob niemals die Hand gegen sie. Pferde brauchen immer Geduld und Verständnis, dafür liebte ich ihn. Aber hierbei konnte ich ihn nicht verstehen. Der kleine Freyr, wie ich ihn nannte, ließ sich am nächsten Tag mit sanfter Gewalt aber dazu überreden aus einem Eimer seine Milch zu trinken. Ich war heilfroh darüber, auch dass seine Tante sich nun liebevoll um ihn kümmerte und er dadurch in der vertrauten Herde bleiben konnte.

Ich stand am Küchenfenster, als ich Ole die gute Nachricht am Telefon erzählte.
Mein altes Pony, das immer frei auf dem Hof laufen durfte, ging am Küchenfenster vorbei und legte sich in den Garten. Er legte sich schon lange nicht mehr hin, typisch für sehr alte Pferde, und meine Alarmglocken schrillten. Ich lief zu ihm, der alte Zorro versuchte wieder aufzustehen, seine Beine versagten aber ihren Dienst. Er war fast 40 Jahre alt, wir hatten ihn vor 20 Jahren für Katharina gekauft, und er war seit vielen Jahren in Rente und hatte seinen Freiraum, indem er sich frei auf dem Hof bewegen durfte. Zorro war immer schon besonders, zog viele Menschen in seinen Bann, weil er so anders war als andere Ponys.
Nun lag er am Boden, und ich versuchte vergeblich, ihm auf die Beine zu helfen. Es ging nicht. Der Tierarzt kam und erlöste ihn von seinem Kampf, wieder aufzustehen. Meine Nerven versagten, es war einfach zu viel.

Als ich mich einigermaßen beruhigt hatte, rief ich Ole wieder an. Ich wollte, dass er kommt, Zorro musste ja abgeholt und dafür an die Straße gelegt werden. Ich hatte die Hoffnung, dass Ole kommen würde, um den alten Zorro mit dem Hoflader an die Straße zu legen.

Ole`s Antwort war, ob ich Holger, unseren Nachbarn, fragen könne. Er könne jetzt nicht aus Polen weg. Katharina, Silka und Ria kamen, um von Zorro Abschied zu nehmen.

Am Abend trank ich drei Gläser Rotwein und war betrunken genug, mein altes Pony selbst an die Straße zu legen, damit er am nächsten Morgen vom Abdecker abgeholt werden konnte.

Es wurde Ole scheinbar zur Gewohnheit, mich immer an Holger zu verweisen, wenn ich ihn um Hilfe bat. Als meine Bernhardinerhündin dann auch noch eingeschläfert werden musste, bat ich gleich Holger, mir zu helfen, sie zu beerdigen. Ole erzählte ich erst gar nichts davon. Er erfuhr von Holger, dass meine Hündin nicht mehr lebte, ihm selbst war es gar nicht aufgefallen. Ole war allerdings böse, weil ich es ihm nicht gesagt hatte. Aber was hätte das geändert, wollte ich wissen.

Der kleine Freyr entwickelte sich super, und zum Winter nahm Ole ihn zur Aufzucht mit nach Polen. Bei mir konnte er wegen der Stuten als Junghengst nicht bleiben.

Der Ausbildungsstall, in dem wir früher die Jungpferde zur Ausbildung hatten, hatte sich wieder von dem Bereiter getrennt. Da Ole noch immer einige Jungpferde hatte, die ausgebildet werden sollten, brachten wir wieder Pferde dorthin.
Eine knapp vierjährige Jungstute, eines der ersten Fohlen, die bei mir geboren waren, hatte ich an eine sehr nette junge Frau verkauft. Sie war Trakehner Liebhaberin und

hatte sich sofort in unsere Shannah verliebt. Shannah war die Tochter meiner Favoritin Donette. Sie stammte aus einer sehr alten Blutlinie und war eines der besonderen Pferde. Sie war die Leitstute, passte auch auf die Fohlen auf, die zu den anderen Stuten gehörten und zog auch ihre kleine Schwester auf, deren Mutter in Polen gestorben war. Ole hatte daraufhin das Fohlen zu mir gebracht. Bei Donette hatte ich immer das Gefühl, dass sie verstand, was ich ihr sagte. Sie war eine alte weise Seele und meine Grande Madame.

Die junge Frau, die Shannah kaufen wollte, hatte den Wunsch geäußert, Shannah in einen Ausbildungsstall zu geben, damit sie den Sattel und auch einen Reiter kennenlernen sollte. Ich sagte ihr, dass wir einen guten Ausbildungsstall ganz in der Nähe hätten und wir Shannah für vier Wochen dort unterbringen könnten. Dann würde sie Sattel und Reiter kennen, richtig einreiten wollte die Dame sie dann selbst.
Ich brachte Shannah selbst dort in den Stall, das war am Donnerstag Abend. Freitag und Samstag fuhr ich sie besuchen, sie hatte Heimweh, das war ganz offensichtlich. Ich streichelte sie in der Box, gab ihr Äpfel und Möhren und versprach ihr, dass sie ein super schönes Zuhause bekommen würde.

Am Montag Morgen klingelte mein Telefon. Shannah hatte sich das Bein gebrochen, der Tierarzt wäre unterwegs, um sie einzuschläfern.
Ich fuhr sofort hin. Shannah stand schweißnass auf dem Longierplatz, die junge Frau, die sie an der Longe gehabt hatte, stand am Zaun und auch der Stallbetreiber. Sie hatten Shannah den Sattel abgenommen und sich eine Zigarette angesteckt. Shannah stand allein.

Ich löste die Trense und nahm Shannahs Kopf in meinen Arm.
Ihr Oberschenkel war durchgebrochen und hing lose herab.
Ich konnte sie nur noch halten, als der Tierarzt ihr die erlösende Spritze gab.
Angeblich hatte sie ausgetreten und sich dabei das Bein gebrochen. Das war an der Stelle kaum möglich, auch waren die Pfosten alle unbeschädigt. Die Vermutung lag nahe, dass Shannah zu eng ausgebunden war und an der Longe, mangels fehlendem Gleichgewicht gestürzt war. Sie konnte dann nicht wieder aufstehen ohne sich das Bein zu verdrehen und dabei war es vermutlich gebrochen.
Der Tierarzt teilte diese Ansicht, beweisen konnten wir es nicht. Ole holte am nächsten Tag seinen Hengst und eine Stute, die noch dort war, ab.

Als ich nachmittags auf die Koppel zu ihren Halbschwestern ging, hatte ich das Gefühl, als wäre Shannah dort. Sie kamen alle zu mir, fast um mich zu trösten. Als ich zu Boden sah, lag vor mir ein Hufeisen. Unsere Pferde trugen alle keine Eisen, es musste seit Jahren dort liegen und war unentdeckt geblieben. Ich hob es auf und eine wohlige Wärme umgab mich. Ein Abschiedsgruß von Shannah?

Ich hatte die Nase gestrichen voll und schwor mir, nie wieder ein Pferd in fremde Hände zu geben.
Und ich machte mir Vorwürfe, weil ich Shannah dort in den Stall gebracht hatte, ohne mir anzusehen, wie die neue Bereiterin arbeitete. Ich hatte einfach darauf vertraut, dass es wieder so laufen würde wie früher.

Ich suchte nach einer Bereiterin, die zu uns auf den Hof kommen sollte, um dort, in meinem Beisein, die Pferde auszubilden.

So lernte ich Silke kennen, und wir waren sofort auf einer Wellenlänge.
Sie wollte die Pferde nicht nur einreiten und ausbilden, sondern sich auch selbst um sie kümmern, um deren Vertrauen zu gewinnen. Sie war keine perfekte Reiterin, aber sie hatte Gefühl für die Pferde und viel Verständnis.

So begann sie bald mit der Ausbildung der Jungpferde und wir tauschten uns viel aus. Endlich lief es so, wie es sein sollte.
Die Pferde bekamen eine Pause, wenn wir das Gefühl hatten, dass sie Zeit zum „Nachdenken" brauchten und wurden von Silke liebevoll umsorgt.
Manchmal war ihr Lebensgefährte mit und schaute zu.
Silke schwärmte oft von ihm, er war selbständig und konnte so ziemlich alles reparieren. Wenn ich Hilfe brauchen würde, könnte er sicher helfen.
Als Silke mir nach etwa drei Monaten erzählte, dass sie ihre Wohnung gekündigt hätten und noch immer nichts Neues gefunden hätten, lag die Idee nahe, dass sie mit auf den Hof ziehen könnten. Die Wohnung, die Ole bezogen hatte, wurde von ihm nur als Abstellkammer genutzt. Außer seinem Bett das er ab und an nutzte, brauchte er die Wohnung nicht.
Ich wollte bei Oles nächstem Besuch mit ihm darüber sprechen.
Silke hatte nur noch sechs Wochen Zeit, dann musste sie die Wohnung räumen. Sie hatten ständig Stress mit dem Vermieter, deshalb wollte ihr Schnurzel, wie sie ihn nannte, auch unbedingt ausziehen, erzählte sie.

Bei Oles nächstem Besuch sprach ich mit ihm darüber. Er kannte Silke inzwischen, hatte zugesehen, wie sie mit den

Pferden arbeitete und die beiden verstanden sich von Anfang an gut. Es sprach also nichts dagegen.

Der Deal war, dass Silke die Pferde weiterhin in Beritt nahm, dann aber kein Geld mehr dafür bekommen sollte, sondern als Ausgleich mietfrei wohnen konnte.
Sie hatte 3 Pferde, die geritten und verkauft werden sollten, wenn eins verkauft wäre, würde ein anderes nachrücken.
Sie und ihr Lebensgefährte sollten aber für die Nebenkosten selbst aufkommen.
Sie hätten dann gut 80 qm Wohnfläche, genug Platz für die beiden, ihre zwei Hunde und ihre Katzen.
Wir räumten die Sachen von Ole in die Garage, und Silke und Schnurzel zogen wenige Wochen später ein.
Alles lief gut. Silke ging morgens zur Schule, sie machte gerade eine zweite Ausbildung, ich machte die Stallarbeit.
Ihr Schnurzel hatte in dem unteren kleinen Zimmer sein Büro eingerichtet. Von seiner Selbständigkeit war nichts zu sehen, er spielte, wann immer ich draußen war, am PC. Es ließ sich nicht vermeiden, das zu beobachten, da sein Fenster direkt zum Hofplatz zeigte und ich ständig daran vorbei musste. Er spielte morgens, wenn ich in den Stall zum Füttern ging und hörte scheinbar erst damit auf, wenn Silke nach Hause kam. Anfangs tat er mir leid, in meinen Augen war er spielsüchtig, aber das änderte sich bald.
Silke kam aus der Schule, machte schnell Essen um danach mit den Pferden zu arbeiten. Weil alles so gut funktionierte, suchte ich mir wieder eine Arbeitsstelle und ging nachmittags fünf Stunden putzen.

Meine Tierheilpraxis lief nebenher, aber nicht wirklich gut. Ich konnte mich nicht gut verkaufen, es lag mir einfach nicht. Meine Kunden waren zufrieden, wir hatten ein gutes Vertrauensverhältnis und sie kamen bei Problemen mit ihren Vierbeinern immer wieder. Überwiegend machte ich

Tierkommunikation und gab auch einige Kurse, aber es reichte einfach nicht, um gut über die Runden zu kommen. Und durch die vielen Pferde auf dem Hof war ich ja auch ständig zeitlich angebunden.

Nun übernahm Silke den Part, die Pferde abends in den Stall zu bringen. Ich bereitete vormittags alles dafür vor und übernahm auch die abendliche Fütterung wieder.

Dann kam der Winter, wir hatten aus Kostengründen noch immer einen Holzofen, der regelmäßig nachgelegt werden musste und für die Heizung und das heiße Wasser sorgte. Das Holz dafür musste aus dem Schuppen geholt werden. Ich kam immer öfter abends nach Hause und der Ofen war aus. Ich feuerte den Ofen wieder an und holte eine neue Karre Holz aus dem Schuppen. Silke hatte in ihrer Wohnung eine Fußbodenheizung, die hielt die Wärme etwas länger, aber bei mir war es kalt. In dieser Zeit konnte sie mit den Pferden auch sehr wenig arbeiten, sie beschränkte sich dann darauf, die Pferde in den Stall zu lassen, mehr war nicht zu tun. Wir brauchten Nachschub an Holz, auf dem Hof lag genug, aber es musste unter Dach gebracht und zersägt werden.

Als ich Silke fragte, ob ihr Lebensgefährte nicht dabei helfen könnte, meinte sie dass ich ihn fragen solle. Ich bräuchte ja nur an sein Fenster zu klopfen.

Eigentlich war es mir zu blöd, ihr Schnurzel saß den ganzen Tag an seinem PC und spielte, und ich sollte ihn jetzt um Hilfe bitten.

Er war ein erwachsener Mann, immerhin war er über dreißig, da ging ich davon aus, dass er selbst sehen könnte, was getan werden musste. Einen Teil des Holzes holte ich in den Schuppen, es war dem Schnurzel nicht entgangen. Auf die Idee spontan zu helfen, kam er aber nicht. Und ich begann mich über diesen Mann zu ärgern.

Freiwillig machte er keinen Finger krumm und es machte mich zunehmend wütend, auch für ihn Holz zu sägen, damit er eine warme Stube hatte und duschen konnte. Es gab leider nur diesen einen Ofen für beide Wohnungen. Auch die Zufahrt zu seiner Wohnung war voller Laub und wurde nicht gefegt. Stattdessen stand ständig ein voller Eimer mit Katzenkot direkt bei ihnen vor der Haustür und stank vor sich hin. In meinen Augen war er faul und ließ sich von Silke aushalten. Aber Schnurzel war „ihr Baby" wie sie mir erklärte, und ich sollte aufhören, ihn erziehen zu wollen. Damit hatte sie natürlich recht, allerdings war ich abends, wenn ich von der Arbeit nach Hause kam, müde und kaputt. Wenn dann kein Holz im Heizungsraum war und der Ofen aus, war meine Geduld am Ende.

Ole baute dann endlich einen Pelletofen ein und besorgte eine Palette Pellets.
Ich bat Schnurzel sich darum zu kümmern, die Pellets nachzufüllen und den Ofen alle drei Tage zu reinigen.
Drei Tage später war die Heizung wieder aus, Schnurzel hatte vergessen Pellets nachzufüllen.
Dafür grub er im Frühjahr ein kleines Stück von dem Garten um, das zu ihrer Wohnung gehörte. Ich hatte am Mittag, bevor ich zur Arbeit fuhr, mit Silke dort gestanden und freute mich wieder einmal über die vielen Perlhyazinthen, die in der einen Ecke zahlreich blühten. Und genau diese Ecke hatte er mitsamt der Perlhyazinthen umgegraben, mehr nicht. Natürlich fragte ich Silke, was das sollte, ihr Schnurzel sprach ja inzwischen nicht mehr mit mir. In meinen Augen war es pure Provokation.
Inzwischen grüßte er auch weder Ole noch mich, wenn wir uns auf dem Hof trafen. Ich fand es einfach dumm und kindisch, Ole allerdings war richtig böse darüber. Er empfand dieses Verhalten als sehr respektlos. Zumal Silke

nun auch bei mir ankam und mir erklärte, dass ihr Schnurzel sich informiert hätte und der Meinung war, dass sie zu viel Miete zahlen würden. Ich verstand nur Bahnhof. Sie zahlte in meinen Augen keine Miete, weil diese ja nicht wirklich floss. Sie ritt dafür die Pferde ein und das auch nur bei gutem Wetter. Wir gerieten aneinander, das erste Mal, weil in Silke´s Augen die Miete voll zählte und sie zu hoch bemessen war. Auf meinen Einwand, dass ihr Konto doch gar keine Mietbelastung hätte und sie auch selten für 600,- Euro die Pferde ritt, ging sie gar nicht ein. Ihr Schnurzel wollte jetzt auch noch eine Provision für jedes Pferd haben, das durch Silke verkauft wurde. Für mich war jetzt der Punkt gekommen, mit Ole zu sprechen.

Ole versuchte noch einmal mit Silke zu reden, allerdings hielt er auch nicht hinter dem Berg damit, was er über ihren zukünftigen Mann dachte. Silke stellte sich vor ihren Mann wie eine Mutter vor ihr Kind. Sie verbot sich jede Einmischung in ihr Privatleben und wir kamen überein, dass es besser wäre, wenn sie wieder ausziehen würden. Ich hätte Silke gerne auf dem Hof gehalten, aber ihr Schnurzel raubte mir die Nerven. Durch meine Arbeit konnte ich nicht mehr nach Hagen zum Meditieren, und das fehlte mir sehr. Ich war nicht mehr in meiner Mitte und ärgerte mich fast täglich über diesen Mann. Eigentlich hatte ich gelernt, immer beide Seiten zu sehen, nicht zu urteilen und schon gar nicht zu verurteilen. Aber dieser Mann verstand es, bei mir Knöpfe zu drücken, wenn auch unbewusst, die mich in Rage brachten. Und ich sah es einfach auch nicht ein, die Arbeit auf dem Hof allein zu verrichten, während er vor seinem PC saß und spielte. Wir hatten zu Beginn vereinbart, dass wir gemeinsam auf dem Hof arbeiten wollten, dass jeder dort seine Freiheiten haben sollte und alles Hand in Hand gehen sollte.

Mit Silke war das auch kein Problem, sie packte mit an und hatte Spaß daran, dort etwas zu schaffen. Aber Silke gab es eben nur gemeinsam mit ihrem Schnurzel und der hatte natürlich etwas dagegen, dass Silke die Pferde nach ihrem Auszug weiterhin ritt.

Es kehrte wieder Ruhe ein, nachdem sie ausgezogen waren. Meine Arbeit machte ich weiter, es musste mit den Pferden auch so gehen. Die zwei Pferde, die noch verkauft werden sollten, konnte ich dann auch ohne Silke´s Hilfe verkaufen.

Ole dachte darüber nach, den Hof wieder zu verkaufen. Er wollte einen neuen Hof, dieses Mal doch in Polen, kaufen und fragte mich, ob ich mit ihm nach Polen ziehen würde. Mein klares Nein war ein kleiner Schock für ihn, aber für mich war schon lange klar, dass ich mit Ole nicht zusammen leben können würde. Ich wollte auch nicht wieder so weit weg von Katharina. Ole meinte, dass sie doch eh viel in Polen sei, Katharina machte zu der Zeit oft Campingurlaub mit ihrer Familie in Polen. Und er war der Meinung, dass sie dann dort auch übernachten könnten, er wollte Zimmer für sie herrichten, und ich könne ja auch immer zu ihnen fahren. Aber er lebte noch immer mit Edith zusammen, und ich war mir sicher, dass sich daran auch nichts ändern würde.
Erst vor ein paar Wochen hatte er Besuch aus Polen mitgebracht. Eine junge Familie, Christian half ihm viel auf seinem Hof in Polen und Ole hatte ihn und seine Frau eingeladen, einige Tage in der Ferienwohnung zu verbringen. Sie kamen mit ihrer kleinen Tochter, und ich hatte die Wohnung noch einmal gründlich sauber gemacht, Betten bezogen und Blumen auf den Tisch gestellt. Die Begrüßung war etwas frostig, ich dachte sie wären vielleicht verlegen, weil sie wenig Deutsch sprachen und ich kein Polnisch.

Ich holte für die Kleine das Bobbycar meiner Enkel hervor, und die Kleine freute sich und ratterte los. Damit war zumindest das Eis gebrochen.

Als Ole mit ihnen einkaufen fuhr, ich machte Kaffee. Aber sie kamen nicht zum Kaffee, Ole hatte für sie einen Großeinkauf gemacht und wurde zum Essen bei ihnen eingeladen. Ich goss den Kaffee weg und verpackte auch die Kekse wieder. Ole ging zum Essen rüber in die Ferienwohnung und ließ mich stehen. Ich war nicht eingeladen.

Am späten Nachmittag zeigte Ole Christian den Hof und seine diversen Fahrzeuge, die sich im Laufe der Zeit dort angesammelt hatten. Wenn er Werkzeug brauchte oder etwas anderes, pfiff er nach mir und schickte mich los, es zu holen. Ich fühlte mich wie ein Dienstbote, und so wurde ich von seinen Gästen auch behandelt. Das würde vermutlich auch nicht anders werden, wenn ich auf seinem Hof in Polen leben würde.

Als Christian morgens über meine Terrasse ging, schoss Ole aus dem Bett. Er hatte bei mir geschlafen und hatte wohl Angst, erwischt zu werden.

Ich war froh, als die beiden wieder abreisten und verabschiedete mich auch nicht von ihnen, ich hatte keine Zeit, ich musste die Ställe sauber machen. Die Verabschiedung von Ole war entsprechend frostig, es gab beim nächsten Mal ein ernstes Gespräch mit ihm.

Er war sich mal wieder keiner Schuld bewusst.

Vor wenigen Wochen erst war er mit Holger nach Polen gefahren. Sie brauchten irgendwelche Teile, und Holger hatte bei ihm übernachtet. Als ich mit Ole am nächsten Tag beim Kaffee in der Küche saß, wollte ich natürlich wissen, was Holger zu Edith gesagt hätte. Immerhin ging ich davon aus, dass Holger der Meinung war, dass Ole und ich eine Beziehung miteinander hätten.

Edith wäre gar nicht da gewesen, war seine Antwort. Sie hätte bei ihrem Bruder übernachtet.
Ein paar Tage später, Ole war längst wieder in Polen, kam Holger zu mir. Es hätte ihm in Polen super gefallen, er war begeistert von Ole`s Haus, das er sich gebaut hatte. Sieht ja aus wie eine Villa, meinte er. Und seine Frau sei ja auch so sympathisch. Sie hätten sich den ganzen Abend so nett unterhalten.
Sie hatten gemeinsam zu Abend gegessen.

Ole hatte mich angelogen, er mochte keine Auseinandersetzungen und ging lieber den Weg über eine Lüge. Ihm war wieder mal nicht klar, wie ich mich in so einer Situation fühlte. Und dann hatte er geglaubt, ich würde so einfach mit ihm nach Polen gehen? Als seine heimliche Mätresse, die gleichzeitig sein Stallmädchen und seine Haushälterin wäre?

Eigentlich war Ole ein sehr sensibler Mensch, aber manchmal verstand ich ihn einfach nicht.
Wenn ich ehrlich zu mir war, passten wir nicht zusammen.
Ich hatte viel mit und durch ihn lernen dürfen. Bei Ole musste ich nie eine Rolle spielen, er erwartete nichts von mir. Nicht einmal gutes Benehmen.
Als ich mit Hugo das erste Mal zusammen eingeladen war, wollte er mir beibringen, wie ich richtig „Guten Tag" zu sagen hätte. Hand geben, in die Augen sehen und mit dem Namen ansprechen. Von Zuhause hätte ich es ja nicht mitbekommen, war seine Meinung. Ole aß seine Pommes und Wurst mit den Fingern, und ihm konnte ich meine wunden Punkte zeigen, ohne dass er bei der nächsten Gelegenheit hineinschlug. Darin war Hugo Spezialist. Er suchte immer nach den wunden Punkten in den Menschen, um dann gezielt darein zu pieken.
Aber ein Leben mit Ole?

Vielleicht war meine Liebe zu ihm dafür nicht stark genug.

Stress machte bald die Ferienwohnung. Nachdem es anfangs gut lief, hatte ich immer öfter Pech mit den Mietern. Manchmal war die Wohnung vollkommen verschmutzt, dann wieder sprangen die Mieter einfach ab oder quartierten sich ein und verschwanden nach einigen Tagen einfach und bezahlten nicht. Ole ließ mich wie immer damit allein und ich war es leid. Ich hatte nur Arbeit dadurch, und Arbeit hatte ich nun wirklich genug am Hals.

Ganz vermieten wollte Ole nicht, wir hätten dann Tür an Tür gewohnt, und das wäre ihm zu dicht. Aber er war damit einverstanden, sie über die Sommermonate fest zu vermieten. Ich setzte sie ins Internet zur Festvermietung von Mai bis Ende September. Am liebsten wäre mir jemand gewesen, der Lust gehabt hätte mit anzupacken, aber die Leute, die sich meldeten, hatten andere Vorstellungen. Dann meldete sich Ursel. Sie wohnte z. Zt. bei ihrer Tochter und suchte eine Wohnung auf dem Land. Auch gerne erst einmal nur über Sommer. Und dass die Wohnung möbliert war, kam ihr gelegen.
Ursel kam mit ihrer Tochter auf den Hof und stellte sich vor. Ich fand sie durchaus nett, und sie war begeistert von den Pferden und fragte gleich nach, ob sie diese auch putzen dürfte. Sie hatte früher öfter Kontakt zu Pferden gehabt. Es hörte sich gut an, und zwei Tage später zog Ursel in die Wohnung.
Ich vereinbarte mit ihr, dass meine Terrasse für sie tabu wäre, sie hatte eine eigene. Mein Schlafzimmer und die Küche waren direkt an der Terrasse, und ich wollte nicht, dass sie immer so dicht an meinen Fenstern vorbei ging. Es war ja auch nicht nötig, sie hatte ihre eigene Haustür auf der anderen Seite und ihre Terrasse war mit Blick auf den Rasen.

Und dann gab es noch eine große Terrasse, die wir beide nutzen konnten.
Das Dumme war nur, dass ihre Tür zur Waschküche, ebenso wie meine, den Zugang zu meiner Terrasse hatte. Also lag es für sie nahe den kurzen Weg auf den Hof zu nehmen, nämlich den durch ihre Waschküche über meine Terrasse. Ich bat sie einige Male es zu unterlassen, zumal sie sich auch keine Mühe damit gab, nicht in die Fenster zu sehen. Mein Badezimmer lag hinter der Küche, und wenn ich nach dem Duschen in mein Schlafzimmer wollte, musste ich durch die Küche und eben auch an dem besagten Fenster vorbei. Ich musste mir jetzt immer etwas überziehen, wenn ich nicht Gefahr laufen wollte, plötzlich nackt vor Ursel zu stehen.
Sie lachte über mein Problem, sie hätte kein Problem mit Nacktheit, meinte sie. Und Ole mal nackt aus der Dusche kommen zu sehen, fand sie nicht schlimm, sie hätte schon mehr nackte Männer gesehen, als ich mir vorstellen könne.

Da ich bei ihr auf Granit biss, blieb mir nichts anderes übrig, als eine Gardine vor das Fenster zu hängen. Ich hasste Gardinen schon immer.
Trotzdem freundeten Ursel und ich uns mit der Zeit an. Sie erzählte von den Problemen mit ihren Kindern, besonders mit ihrem Sohn, zu dem sie kaum Kontakt hatte. Und ihre Tochter hatte sie in die Psychiatrie einweisen lassen. Sie war gerade erst wieder draußen, als sie meine Anzeige gelesen hatte.
Ich war entsetzt darüber, dass die eigene Tochter sie hatte einweisen lassen.
Das änderte sich allerdings einige Monate später, denn dann war ich kurz davor, selbst die Männer mit den weißen Jacken zu rufen. Aber bis dahin verbrachten wir noch einen netten Sommer.

Ursel kochte gerne und lud mich oft zum Mittagessen ein. Wir saßen dann auf der großen Terrasse und ließen es uns mehr oder weniger schmecken. Ihre hochgepriesenen Kochkünste entpuppten sich aber bald als regelrechter Magenterror. Mir war oft übel nach dem Essen und Ursel erzählte, dass sie wohl einen Reizdarm hätte, weil sie ständig unter Durchfall litt. Dass es vielleicht an den abgelaufenen Lebensmitteln liegen könnte, die sie verwendete, kam ihr dabei nicht in den Sinn.

Als der Herbst kam und sie eigentlich wieder hätte ausziehen müssen, suchte sie mit Ole das Gespräch. Sie wollte bleiben und Ole stimmte zu. Ursel war zu ihm auch immer besonders freundlich und Ole amüsierte sich insgeheim darüber. Aber jetzt, wo sie hier wohnen bleiben konnte, stellte sie plötzlich Ansprüche. Ständig hatte sie etwas zu beklagen. Erst war der Abfluss verstopft, dann war der Geschirrspüler plötzlich kaputt, und die Sicherungen flogen ständig raus. Ole machte den Abfluss frei, reparierte den Geschirrspüler. Ursel hatte eine Bürste in den Spüler getan und die Borsten hatten sich gelöst und den Motor festgesetzt.
Aber es hörte nicht auf mit ihren Beschwerden, und Ole hatte bald genug davon und schaltete auf Durchzug. Dafür bekam ich es jetzt ab. Ständig drohte sie mir mit Mietkürzungen, wenn Ole sich nicht sofort kümmern würde. Und sie wurde regelrecht hysterisch dabei. Ihr Gesichtsausdruck veränderte sich, und mir wurde manches mal Angst und Bange. Langsam begann ich ihre Tochter zu verstehen. Ursel war manisch depressiv und stand ständig unter Tabletten, die sie mehr oder weniger gut vertrug.
Als es an einem Tag wieder besonders schlimm wurde mit ihr, versprach ich, Ole zu ihr zu schicken, der am Vormittag gekommen war.

Ich redete mit Engelszungen auf ihn ein, er möge doch bitte, bitte rüber gehen zu ihr. Er tat es dann auch und kam eine halbe Stunde später mit breitem Grinsen wieder zurück. Ursel war nur mit einem kleinen Hemdchen bekleidet gewesen und hatte keine Hose an. Sie hatten sich nett unterhalten. Jetzt wusste ich zumindest, was ihr Problem war.

Es ging noch bis zum Frühjahr so weiter, Ursel wurde unerträglich, einige Male hatte sie versucht, nach mir zu schlagen, und ich bat sie auszuziehen. Scheinbar hatte ich ein richtig gutes Händchen für diese Art Menschen.

Hugo sah ich in diesen Jahren nur im Vorbeifahren. Er hatte noch immer seinen alten Geländewagen und fuhr oft ganz langsam am Hof vorbei. Wenn er mich dann sah, gab er Gas. Einmal, als ich gerade vom Einkaufen kam, sah ich ihn mit seinem Wagen an der Straße stehen. Er sortierte wohl gerade irgendwelche Akten, jedenfalls bekam er es wohl nicht mit, dass ich auf der anderen Straßenseite anhielt.
Als ich ausstieg und zu seinem Wagen ging, griff er nach seinem Handy und tat, als würde er telefonieren. Er plapperte irgendwas hinein und ich musste lachen, weil es einfach zu dumm war. Ich sagte ihm, er solle das Ding weglegen, es wäre eh niemand dran, und dass ich mit ihm reden wolle. Er schaute auf sein Handy, warf es dann auf den Beifahrersitz, stammelte etwas von keine Zeit und brauste davon.
Ich stand noch lange fassungslos an der Straße. Was für eine feige Aktion, und ich hatte jahrelang vor diesem Mann gekuscht, unglaublich.

Dabei wollte ich doch nur mit ihm reden. Immerhin hatten wir gemeinsame Enkelkinder, und Katharina litt unter diesen Umständen.

Ihr Vater hatte ihr klar gemacht, dass er mit mir keinen Kontakt haben wollte und an Geburtstagen oder Weihnachten musste sie es immer so einrichten, dass ich ihrem Vater nicht über den Weg lief. Ich wollte die Situation eigentlich nur entspannen, immerhin hatte er schon seit Jahren eine neue Frau und wohnte die meiste Zeit bei ihr.

So viele Jahre hatte er mich klein und schwach gehalten, dabei war er derjenige, der schwach war. So viel hatte ich inzwischen verstanden. Er brauchte mich damals klein und schwach, um sich an meiner Seite stark zu fühlen. Nun war ich nicht mehr „seine kleine Anna" wie er mich oft nannte, ich war stark geworden, und er war auf ein Gespräch mit mir nicht vorbereitet gewesen. Diese Situation hatte ihn total überfordert.

Er hatte sich früher schon immer seine Sätze zurechtgelegt, wenn ein wichtiger Termin anstand, aber dass er selbst bei mir nicht in der Lage war, ein unvorbereitetes Gespräch zu führen, schockierte mich dann doch. Er tat mir in diesem Moment richtig leid. Er schien ein Gefangener in seiner eigenen Welt zu sein. Nach außen hin wollte er stark erscheinen und mehr sein als er war. Darum war ich ihm vermutlich auch nie gut genug. Ich stellte in seinen Augen nicht genug dar. Seine Neue wohnte auf Sylt, damit konnte er prahlen, Sylt war ein Ort für Reiche, immerhin.

Ich schrieb ihm dann einige Wochen später einen Brief und steckte ihn in seinen Briefkasten. Ich appellierte an seine Vorbildfunktion als Großvater, dass wir unseren gemeinsamen Enkelkindern zeigen sollten, dass Erwachsene sich auch nach einer Trennung vertragen können und dass es für Katharina Stress wäre, alles immer so zu planen, dass wir uns nicht begegnen würden. Ich wusste, dass ich keine Antwort darauf bekommen würde, hoffte aber, dass er zumindest darüber nachdenken täte.

Katharina war inzwischen mit ihrer Familie aus dem Haus ausgezogen. Es wurde mit vier Kindern, sie hatte inzwischen noch Zwillinge bekommen, zu klein, und Hugo hatte sein Elternhaus wieder bezogen. Der Hof war nicht mehr bewohnbar, das Dach völlig zerstört und der Hof sah aus wie eine einzige Müllhalde. Katharina´s neues Domizil lag auf meinem Arbeitsweg, und ich musste ständig vorher anfragen, ob ich kurz auf einen Kaffee vorbeikommen dürfe. Das war selten möglich, sie hatte ja die Firma übernommen und ihr Vater saß ständig bei ihr, um zu arbeiten. Für Katharina ebenso nervig wie für mich, weil ich meine Tochter nicht einfach mal spontan besuchen konnte.

David hatte ich ewig nicht gesehen, und so stöberte ich ihn bei Facebook auf und schrieb ihn einfach mal an. Es kostete mich einiges an Mut, aber er antwortet sehr schnell und wir verabredeten uns auf einen Kaffee.

„Hast du Lust, noch ein Stück im Wald spazieren zu gehen, Anna?" Was für eine Frage. Ich würde überall mit ihm hingehen, solange ich nur in seiner Nähe sein konnte. Wir sprachen von früher und es war erfrischend, so locker mit ihm über unsere gemeinsame Zeit plaudern zu können, ohne dass mir mein Verhalten von damals peinlich war.

„Sehen wir uns wieder?", wollte ich beim Abschied wissen. „Na klar, wir sind jetzt ja schon groß und keine Kinder mehr", scherzte er. „Wir wissen ja jetzt, was wir tun." Da war ich mir bei mir nicht so sicher, aber wir verabschiedeten uns mit einer innigen Umarmung.

Auf dem Weg zu meinem Auto drehte ich mich nicht um, ich wollte ihm nicht noch einmal winken, es hätte wie ein Abschied für mich ausgesehen, und einen Abschied wollte ich nicht. Ich wollte einen neuen Anfang.
Aber würde ich ihn wirklich wiedersehen oder würde er sich jetzt wieder zurückziehen?
Es ist alles gut so wie es ist, klang seine Stimme in meinem Ohr.

Alle hier genannten Personen und Orte wurden von mir umbenannt. Ähnlichkeiten mit Namen und Orten sind daher rein zufällig.